MITOS GRIEGOS

MITOS GRIEGOS

GERALDINE McCAUGHREAN

ILUSTRACIONES DE EMMA CHICHESTER CLARK

TRADUCCIÓN DE JAIME VALERO

ANAYA

Título original:
The Orchard Book of Greek Myths

© Orchard Books: 1992, 2013
© Del texto: Geraldine McCaughrean, 1992, 2013
© De las ilustraciones: Emma Chichester Clark, 1992
© Del diseño de cubierta: Emma Chichester Clark, 2013
© De la traducción: Jaime Valero, 2017
© De esta edición: Grupo Anaya, 2017
Juan Ignacio Luca de Tena, 15. 28027 Madrid
www.anayainfantilyjuvenil.com
e-mail: anayainfantilyjuvenil@anaya.es

1.ª edición, octubre de 2017

ISBN: 978-84-698-3346-9
Depósito legal: M-22611/2017
Impreso en España - Printed in Spain

Las normas ortográficas seguidas son las establecidas por la Real Academia
Española en la *Ortografía de la lengua española,* publicada en el año 2010

Contenido

PRÓLOGO

CUANDO ESTAS HISTORIAS SE CONTARON POR PRIMERA VEZ, HACE TRES MIL AÑOS, eran mucho más que simples historias. Para los antiguos griegos, eran una manera de dar sentido al mundo: cómo empezó, por qué el verano deja paso al otoño y se caen las hojas, por qué hay personas que tienen suerte y otras que no, qué hay después de la muerte...

Los antiguos griegos creían que, allá en lo alto, en la cumbre de la montaña más grande del país, habitaba una familia de dioses. Uno de ellos estaba a cargo del mar, tenía el poder de desatar tormentas y de asustar a los marineros. Otro hacía que madurase la cosecha en los campos. Uno clavaba sus flechas de amor hasta en el corazón más endurecido. Otro decidía cuál era el bando vencedor en una guerra. En resumen, cada aspecto de la vida estaba supervisado por uno de esos dioses inmortales que vivían en el monte Olimpo.

Pero, lejos de ser perfectos y rebosantes de sabiduría, los dioses del cielo de los griegos eran tan zoquetes como nosotros. Reñían, se enamoraban, se hacían jugarretas unos a otros y a las personas que estaban a su cuidado. Perseguían a mujeres bellas, ayudaban a héroes valerosos y utilizaban toda clase de disfraces. Eran egoístas, celosos, vengativos, malhumorados... incluso solitarios. Y, mezcladas con las leyendas de esos dioses, había otras historias de griegos legendarios cuyas hazañas se fueron ensalzando cuanto más se contaban, hasta que se convirtieron en aventuras dignas de cualquier dios inmortal.

Pero, teniendo en cuenta que ya no creemos que haya dioses viviendo en lo alto del monte Olimpo, ¿por qué seguimos contando sus historias? Porque están repletas de todo aquello que nos fascina, con independencia del lugar o la época en que vivamos. Hay momentos divertidos y otros de acción, fábulas y cuentos de hadas, emociones y finales felices. En definitiva, los mitos griegos son tan extraordinarios que es imposible olvidarlos.

GERALDINE MCCAUGHREAN

En el principio y la caja de Pandora

En EL PRINCIPIO DE LOS TIEMPOS, LOS DIOSES GOBERNABAN UN MUNDO vacío. Desde su hogar en el monte Olimpo, donde vivían en salones compuestos de nubes y rayos de sol, contemplaban los océanos y las islas, los bosques y las colinas. Pero todo permanecía inmóvil en esos paisajes, ya que no había animales, ni pájaros, ni personas.

Zeus, el rey de los dioses, encargó a Prometeo y a su hermano Epimeteo la tarea de crear seres vivos, y para ello los envió a vivir a la Tierra. Epimeteo creó las tortugas y les dio conchas; creó los caballos y les dio crines y colas; creó los osos hormigueros y les dio unos hocicos alargados y unas lenguas todavía más largas; creó los pájaros y les concedió el don de volar. Pero, aunque Epimeteo era un artesano fabuloso, no llegaba ni de lejos al nivel de su hermano. Prometeo se quedó observando a Epimeteo mientras trabajaba, y cuando todos los animales, pájaros, peces e insectos fueron creados, fue él quien dio vida a la criatura definitiva. Tomó barro del suelo y lo utilizó para moldear al Primer Hombre.

—Lo crearé a imagen de nosotros, los dioses. Tendrá dos piernas, dos brazos y caminará erguido, no arrastrándose a cuatro patas. Todas las demás bestias se pasan la vida mirando al suelo, ¡pero el Hombre mirará a las estrellas!

Cuando terminó, Prometeo se sintió muy orgulloso de lo que había creado. Pero cuando llegó el turno de concederle un don al Hombre, ¡ya no quedaba ninguno por entregar!

—Dale una cola —dijo Epimeteo.

Pero las colas se habían terminado.

—Dale una trompa —propuso Epimeteo.

Pero los elefantes ya se las habían quedado.

—Dale un pelaje —sugirió Epimeteo, pero todo el pelaje se había empleado ya.

De repente, Prometeo exclamó:

—¡Ya sé qué es lo que le voy a dar!

Subió al cielo, muy alto, hasta llegar al lugar donde se encontraba la ardiente cuadriga del Sol. Del borde de su centelleante rueda, robó una diminuta astilla de fuego. Era una llama tan pequeña que pudo esconderla en el interior de una brizna de hierba, y regresó corriendo a la Tierra sin que ninguno de los dioses se diera cuenta de lo que había hecho.

Pero no pudo mantener el secreto durante mucho tiempo. La siguiente vez que Zeus se asomó desde el monte Olimpo, vio un resplandor rojizo y amarillento debajo de una columna de humo gris.

—Prometeo, ¿qué has hecho? Les has dado el secreto del fuego a esos... a esos... ¡hombrecillos de barro! ¿No te bastaba con que se parecieran a los dioses? ¿También tenías que compartir con ellos nuestras posesiones? De modo que esos hombres de barro son más importantes para ti que nosotros, ¿eh? ¡Pues haré que lamentes el día en que los creaste! ¡Haré que lamentes el día en que fuiste creado!

Encadenó a Prometeo a un acantilado y envió unas águilas para que lo picotearan durante todo el día. Si eso mismo nos hubiera ocurrido a ti o a mí, habríamos muerto. Pero los dioses no pueden morir. Prometeo sabía que su dolor no se aplacaría nunca y que sería imposible romper esas cadenas. Sintió una congoja tan intensa que le encogió el corazón, y le provocó más dolor del que podrían llegar a causarle las águilas.

Zeus también se había enfadado con el Hombre por haber aceptado el obsequio del fuego, aunque no lo parecía, ya que le preparó otro regalo maravilloso. Con ayuda de los demás dioses, dio forma a la Primera Mujer. Venus le concedió belleza; Mercurio, ingenio, y Apolo le enseñó a interpretar dulces melodías. Finalmente, Zeus cubrió su primorosa cabeza con un velo y la llamó Pandora.

Entonces, con una sonrisa en el rostro, mandó llamar a Epimeteo, que no era tan listo como para sospechar que se trataba de una trampa.

—Te he traído una novia, Epimeteo, como recompensa por tu trabajo al crear los animales. Y esto es un regalo de bodas para los dos. Pero en modo alguno se os ocurra abrirlo.

El regalo era un cofre de madera, cerrado a cal y canto, y asegurado con láminas de hierro. Cuando llegó a su casa, situada a los pies del monte Olimpo, Epimeteo dejó el cofre en un rincón oscuro, cubierto con una manta, y se olvidó de él. Al fin y al cabo, teniendo una novia como Pandora, ¿qué más podría pedir?

En aquellos tiempos, el mundo era un lugar maravilloso para vivir. Nadie estaba triste. Nadie enfermaba, ni envejecía. Epimeteo y Pandora se casaron, y él le concedía todos sus caprichos. Pero a veces, cuando se fijaba en el cofre, Pandora decía:

—Qué regalo de bodas tan extraño. ¿Por qué no podemos abrirlo?

—El motivo no importa. Recuerda que no debes tocarlo —le respondía Epimeteo con severidad—. Ni siquiera rozarlo. ¿Entendido?

—Pues claro que no voy a tocarlo. No es más que un cofre viejo. ¿Para qué podría quererlo? Aunque... ¿qué crees que habrá dentro?

—El contenido no importa. Olvídate de ello.

Y Pandora lo intentó. De verdad que lo intentó. Pero un día, cuando Epimeteo estaba fuera, comenzó a obsesionarse con el cofre y, sin darse cuenta, acabó frente a él. «¡No! —se dijo—. Seguro que estará lleno de ropa, o de platos, o de papeles. Seguro que no hay nada de valor».

Se puso a deambular por la casa. Intentó leer. Y entonces...

—*¡Déjanos salir!*

—¿Quién ha dicho eso?

—*¡Déjanos salir, Pandora!*

Pandora se asomó a la ventana, pero en el fondo de su corazón sabía que aquella voz provenía del cofre. Levantó la manta con el dedo índice y el pulgar. La voz resonó con más fuerza:

—¡Por favor, por favor, *déjanos salir,* Pandora!

—No puedo. No debo. —Pandora se agachó junto al cofre.

—Pero *tienes que* hacerlo. *Haznos* ese favor. ¡*Te necesitamos,* Pandora!

—¡Pero es que lo he prometido! —repuso, mientras acariciaba el pestillo.

—Es muy fácil. La llave está en la cerradura —insistió la vocecilla, suave como un susurro.

—No. No, no debo —dijo Pandora.

—Pero en el fondo *quieres hacerlo,* Pandora. ¿Y por qué no? También fue tu regalo de bodas, ¿no es cierto? Vale, hagamos una cosa. No nos dejes salir. Simplemente echa un vistazo dentro. ¿Qué daño podría causar eso?

A Pandora se le aceleró el corazón.

Clic. La llave giró.

Clac. Clac. El pestillo se abrió.

¡BANG!

La tapa salió disparada y Pandora cayó al suelo, derribada por un viento gélido cargado de arenilla que inundó la habitación, aullando. La ventolera desgarró las cortinas y las cubrió de manchas marrones. A continuación, aparecieron unas criaturas viscosas que gruñían y rugían, con garras afiladas y hocicos prominentes. Unas criaturas que daban asco con solo mirarlas, y que estaban emergiendo del interior del cofre.

—Yo soy la Peste —dijo una.

—Yo soy la Crueldad —dijo otra.

—Yo soy el Dolor, y ella es la Vejez.

—Yo soy la Desilusión, y él es el Odio.

—Yo soy la Envidia, y esa de ahí es la Guerra.

—¡Y YO SOY LA MUERTE! —exclamó la criatura cuya voz parecía un susurro.

Las criaturas pegaron un salto y se escabulleron por las ventanas, dejando a su paso un reguero pringoso. Todas las flores se marchitaron al mismo tiempo, y los frutos de los árboles se pudrieron. El cielo adquirió un tono sucio y amarillento, y por todas partes empezaron a oírse llantos.

Haciendo acopio de todas sus fuerzas, Pandora cerró la tapa del cofre. Pero quedaba una criatura dentro.

—¡No, no, Pandora! ¡Si me encierras aquí, te arrepentirás! ¡Déjame salir!

—¡Ni hablar! No me engañaréis dos veces —replicó Pandora, entre sollozos.

—¡Pero es que soy la Esperanza! —susurró la criatura con un hilo de voz—. ¡Sin mí, el mundo no podrá soportar toda la fatalidad que has desatado!

Así que Pandora abrió la tapa, y una llamita blanca, tan pequeña como una mariposa, salió revoloteando y se meció de un lado a otro, impulsada por los ruidosos vientos. Cuando salió por la ventana, apareció un sol difuminado que proyectó su luz sobre el jardín marchito.

Preso en el acantilado, Prometeo no pudo hacer nada por ayudar a los hombrecillos de barro que había creado. Por mucho que forcejeó y se retorció, no logró liberarse. A su alrededor, oyó los ecos de un llanto. Ahora que esas desagradables criaturas habían escapado, ya no habría más días relajados ni noches apacibles para los hombres y las mujeres. Los humanos se volverían desagradables, asustadizos, codiciosos, infelices. Y un día, todos habrán de morir y marcharse a vivir como espectros al frío y oscuro Inframundo. Solo de pensar en ello, a Prometeo se le partió el corazón. Entonces, por el rabillo del ojo, atisbó un pequeño parpadeo luminoso y sintió que algo, tan diminuto como una mariposa, rozaba su pecho desnudo. La Esperanza había acudido a descansar en su corazón.

Prometeo sintió una fortaleza repentina, una oleada de valor. Estaba seguro de que su vida aún no había llegado a su fin. «No importa lo mal que estén hoy las cosas, mañana irán mejor —pensó—. Algún día, alguien pasará por el acantilado, se apiadará de mí, romperá mis cadenas y me dejará libre. ¡Algún día!».

Las águilas trataron de atacar ese pequeño destello luminoso, pero eran demasiado lentas como para atraparlo con sus picos. La Esperanza prosiguió su camino, extendiéndose por todo el mundo como una diminuta lengua llameante.

Perséfone y las semillas de granada

EN AQUELLOS TIEMPOS REMOTOS, SIEMPRE HACÍA SOL Y BUEN TIEMPO. Las plantas siempre estaban en flor, y los cultivos siempre estaban listos para la cosecha. La diosa Deméter cuidaba del campo como si fuera un jardín, plantando semillas, regando la hierba y animando a los árboles para que dieran sus primeros brotes, después hojas y luego frutos.

Y mientras Deméter trabajaba, su hija pequeña, Perséfone, salía a jugar por los verdes campos de Sicilia, recogiendo violetas hasta que llenaba su mandil. Cuando madre e hija regresaban a casa cogidas de la mano, al final de otro día radiante, charlando, cantando y riendo juntas, las prímulas se abrían solo para verlas pasar.

Plutón no era tan afortunado. Aunque era un dios, no vivía en lo alto del monte Olimpo, en salones compuestos de nubes y rayos de sol, ni tampoco en la tierra, entre árboles y campos. Plutón gobernaba el Reino de los Muertos y vivía bajo tierra, en un lugar oscuro y gélido. Ni un solo rayo de sol penetraba en esos túneles y cavernas donde reinaba el eco.

Pero había algo peor que el frío y la oscuridad: la soledad. Plutón intentó encontrar una esposa, pero nadie quería renunciar a la luz del sol, ni a las flores, ni al mar centelleante, para vivir bajo tierra en el reino abisal de Plutón. A veces, Plutón escalaba hasta el borde del Inframundo y contemplaba a las niñas y a las mujeres que jugaban al sol. Aquella luz tan intensa le hacía daño en los ojos, pero la visión de esas muchachas tan hermosas le dolía incluso más.

Un día, vio a Perséfone recogiendo violetas por los campos sicilianos.

—Esa es la elegida —murmuró Plutón—. ¡Qué hermosa es! Sí, esa será mi esposa.

Pero Plutón no acudió a Deméter para pedir la mano de su hija; sabía que le diría que no. En lugar de eso, se montó en su carruaje negro y subió rápidamente a la superficie. Haciendo restallar su látigo, hizo que sus corceles corrieran a toda velocidad. Sicilia entera se estremeció ante su llegada, y sus ruedas derribaron árboles a derecha e izquierda, mientras surcaba velozmente el bosque. Sujetando las riendas, Plutón agarró a Perséfone tirando de su larga melena. Todas las violetas que llevaba en el mandil se le cayeron al suelo.

—¿Quién eres? ¿Qué quieres de mí? ¡Suéltame! ¡Que alguien me ayude! ¡Madre, ayúdame! —gritó Perséfone.

Los árboles se pusieron a gritar a Plutón:

—¡Vuelve aquí! ¡Déjala en paz!

Sus hojas verdes se pusieron rojas de tanto gritar, pero Plutón no les hizo caso mientras regresaba a toda prisa al Inframundo. Descargó un latigazo. La tierra se abrió en dos. Apareció un barranco sin fondo, y su carruaje descendió por él a toda velocidad. Y con él se llevó a Perséfone, rumbo al frío, rumbo a la oscuridad.

—No llores —le dijo—. Te convertiré en mi reina. ¡Alégrate! ¡Te daré todas las riquezas del mundo: oro, plata y piedras preciosas! ¡Tendrás el amor de un rey! ¿Qué más quieres?

—¡Quiero irme a casa! ¡Quiero a mi madre! —sollozó Perséfone.

Cuando llegaron al río Estigia, que separa la Tierra del Reino de los Muertos, la muchacha exclamó:

—¡Río, sálvame! ¡Soy Perséfone! ¡Sálvame, por favor!

El río la oyó y se enroscó alrededor de las piernas del dios, y a punto estuvo de hacerle caer. Pero Plutón lo ahuyentó de una patada, como si fuera un perro. Desesperada, Perséfone se quitó su cinturón de flores y lo arrojó sobre las agitadas aguas.

—¡Llévaselo a mi madre y cuéntale lo que ha pasado! —le rogó.

El río tomó el cinturón y se lo llevó. Entonces, todo se volvió oscuro: Plutón había llegado a su hogar con su esposa cautiva.

Entretanto, en la superficie, Deméter salió a buscar a su hija al atardecer.

—¡Perséfone, cariño! ¡Es hora de volver a casa!

Pero no hubo respuesta. Deméter la siguió llamando y preguntó a todo aquel con el que se cruzó, pero fue inútil. Perséfone había desaparecido.

La diosa se olvidó de su trabajo mientras buscaba a su hija por todas partes. Nada importaba, salvo encontrar a Perséfone. Así que las flores se marchitaron. Los cultivos dejaron de crecer. Y cuando Deméter lloraba, los árboles lloraban con ella, derramando sus hojas en forma de lágrimas marrones y amarillas.

Después de buscar por todo el mundo, Deméter regresó a Sicilia y se sentó, desesperada, a la orilla del río. Mientras contemplaba el agua, llegó arrastrado por la corriente un pequeño cordón de flores.

—Perséfone está en el Inframundo —susurró el río—. ¡La he visto! Plutón la secuestró para convertirla en su reina.

Entonces, Deméter se fue corriendo al monte Olimpo y llamó a las puertas del cielo.

—¡Zeus! ¡Oh, Zeus! ¡Ayúdame! ¡Plutón ha secuestrado a mi hija! ¡Haz que me la devuelva!

Zeus escuchó a la pobre Deméter.

—¿Dices que se ha llevado a tu hija por la fuerza? Plutón no debería haber hecho eso. Sin embargo...

—¡Oh, Zeus! —le interrumpió Deméter—. Si no recupero a mi hija, ¿cómo seguiré adornando la Tierra con frutos y flores? Solo lo hago por divertirme, y sin Perséfone, ¡no hay alegría posible! ¡Si por mí fuera, la Tierra puede marchitarse y morir!

Zeus se estremeció solo de pensarlo. Los hombrecillos de la Tierra no tardarían en dejar de pagar su tributo a los dioses si los cultivos dejaran de crecer y los árboles murieran.

—No depende de mí —replicó—. Hay unas reglas. Si Perséfone come algo durante su estancia en el Inframundo, no podrá regresar a la Tierra. Esa es la norma.

—Entonces, ¿a qué estás esperando? —exclamó Deméter—. ¡Envía a tu mensajero de inmediato!

Y aunque Zeus mandó a Hermes, el dios volador más veloz de todos, Deméter, aquel día, corrió aún más rápido que él tirándole de la manga, rogándole que se diera prisa.

Mientras tanto, bajo la superficie, Plutón le preparó a Perséfone un delicioso festín. Sabía algo que ella desconocía: si la muchacha probaba un solo bocado, tendría que quedarse con él para siempre.

—Estoy demasiado triste como para comer —se lamentó Perséfone—. Deja que me marche. ¿Por qué no me liberas? ¡Este lugar es muy oscuro y sombrío!

Plutón ya no pensaba que su reino fuera oscuro o sombrío. Ahora que Perséfone ocupaba el trono que estaba junto al suyo, le parecía un lugar alegre y radiante. Hordas de espectros llegaron en oleadas a través de la oscuridad para ver a su nueva prometida. Plutón estaba contentísimo.

—Deberías comer algo, querida. Prueba un poquito, aunque sea. —Le ofreció una bandeja de frutas, un pastel de almendras y una taza de caldo, tentándola para que comiera.

—Prefiero morir antes que probar tu comida —dijo Perséfone, a pesar de que tenía mucha, mucha hambre.

—Venga, solo un poquito.

Plutón le ofreció una granada partida por la mitad. Estaba roja, jugosa, repleta de semillas. Le separó los dedos y le puso doce semillas en la palma de la mano.

¡Qué hambre tenía la pobre! Se había pasado varios días consumida por la tristeza, rezando para que su madre la encontrara. Pero su madre no venía y no venía. Perséfone estaba tan hambrienta que se le nubló el juicio. Se llevó las semillas a los labios y...

—¡Alto!

Hermes, el mensajero de los dioses, llegó volando por los aires, impulsado por sus sandalias aladas.

—¡Noble Plutón! Zeus Todopoderoso te ordena que dejes marchar a Perséfone... ¿O acaso llego demasiado tarde? —preguntó, mientras contemplaba el festín que estaba desplegado frente a los dos tronos.

—¡Sí, sí! ¡Llegas demasiado tarde! —gritó Plutón.

—¡No, no! ¿Qué quieres decir? —exclamó Perséfone. Seis pequeñas semillas de granada cayeron de la palma de su mano.

—¿Has comido alguna semilla? —inquirió Hermes.

Perséfone rompió a llorar.

—¡Ha comido! ¡Ha comido! —exclamó Plutón, triunfal—. ¡Es mía para siempre!

—¡Solo unas pocas! —repuso Perséfone—. ¿Qué diferencia hay?

—Plutón, eres un granuja —dijo Hermes—. Tendrías que habérselo dicho. Lo siento, Perséfone. Existe una norma. Al probar su comida... has aceptado la hospitalidad de Plutón. Así que ahora debes quedarte aquí para siempre.

—¡Pues te odiaré para siempre, Plutón! —gritó Perséfone—. ¡Porque me has engañado!

Al oír eso, Plutón se puso un poco pálido. Amaba a Perséfone, y quería que ella le correspondiera.

—Solo te secuestré porque me sentía muy solo —dijo, agachando la cabeza.

Hermes sintió lástima por ambos.

—¡Dejemos que Zeus decida! —exclamó.

Cuando Zeus se enteró de lo ocurrido, se puso a pensar largo y tendido antes de tomar una decisión. Finalmente, anunció:

—Puesto que Perséfone se comió seis de las doce semillas de granada, tendrá que vivir seis meses al año en el Reino de los Muertos. Durante los otros seis meses, podrá vivir con su madre, en la Tierra... ¡Hágase la voluntad de Zeus!

Y ese es el motivo por el que, en verano, las plantas florecen, la hierba es verde y los árboles se cubren de brotes, después de hojas y luego de frutos. Deméter corretea alegremente de

un lado a otro, cuidando de la Tierra como si fuera un jardín. Cuando su hija y ella pasean de la mano, charlando, cantando y riendo, las prímulas vespertinas se abren solo para verlas pasar.

Pero en otoño, Perséfone regresa al Inframundo, para cumplir su parte del trato con Plutón. Primero se compadeció de él. Después llegó a amarlo. Y ahora el Inframundo es mucho más cálido y radiante durante los seis meses de invierno. Pero arriba, en la superficie, Deméter echa de menos a su hija. Los árboles se ponen rojos de tanto gritar el nombre de Perséfone, y luego dejan caer sus hojas. Las flores se marchitan. Los cultivos dejan de germinar, y la Tierra y sus gentes esperan a que Perséfone regrese con la primavera.

ECO Y NARCISO

A TODAS LAS DIOSAS LES GUSTABA CORRER POR LOS APACIBLES BOSQUES del monte Olimpo, jugando a perseguir a los ciervos. A la reina Hera, tan silenciosa como los rayos del sol; a Diana, tan sigilosa como la luz de la luna; a las ninfas del bosque, que revoloteaban como dientes de león... y también a Eco.

Eco se pasaba el día cotorreando, discutiendo o riéndose a carcajadas. Los ciervos huían despavoridos en cuanto Eco abría la boca.

—¡Eco! —le reprendió Hera un día—. ¡Lo has vuelto a hacer!

—¿El qué? Yo no he hecho nada —repuso Eco con insolencia.

—Claro que sí. Has hablado. Te pasas el día hablando.

—¡De eso nada!

—Es cierto, no lo niegues.

—No —dijo Eco, que siempre tenía que tener la última palabra—. No, no y no.

Hera estaba tan furiosa que le lanzó un hechizo a Eco.

—¡Cállate de una vez por todas!

La ninfa se quedó muda. Se llevó las manos a la garganta, los dedos a los labios, y miró a su alrededor horrorizada.

—Que esto te sirva de lección. Siempre quieres tener la última palabra, ¿no? ¡Pues ahora, será lo único que tendrás!

—... que tendrás —dijo Eco.

Aquellas palabras se proyectaron en su boca, y fueron las únicas que pudo pronunciar.

—Ya puedes irte —dijo la reina de los dioses.

—... irte —repitió Eco, sin querer.

Eco bajó de la montaña, corriendo y llorando, y se puso a deambular por la ladera, muerta de pena. Allí, entre su rebaño de ovejas, vio a un joven pastor. Se estaba peinando su cabello rizado y sacudiéndose la hierba de la túnica. Era Narciso, un joven que era tan hermoso como un dios. Las pastorcillas no podían posar la mirada sobre él sin enamorarse perdidamente.

Eco no era distinta de las pastorcillas. Se enamoró de Narciso a primera vista, ¡y habría dado cualquier cosa por poder decírselo! Pero sus labios estaban sellados como una puerta cerrada con candado. Lo único que podía hacer era seguirle, con las manos llenas de flores y los ojos cargados de amor.

—¿Qué puedo hacer por ti? —preguntó Narciso, cuando se dio cuenta de que le estaba mirando.

—... por ti... por ti —repitió Eco, que dejó las flores a sus pies.

Por desgracia, Narciso estaba más que acostumbrado a que las mujeres se enamorasen de él. Le ocurría a todas horas. Era consciente de lo guapo que era, y eso le había vuelto muy, pero que muy presumido. Peor aún, las mujeres no le gustaban demasiado, no quería saber nada de su amor empalagoso y almibarado. Eco solo consiguió fastidiarle, después de pasarse todo el día siguiéndole, sin decir nada, mirándole con la boca abierta.

—Vaya donde vaya, no dejas de perseguirme —protestó Narciso.

—... perseguirme... perseguirme —repitió Eco.

—Qué tonta eres. Supongo que te habrás enamorado.

—... enamorado... enamorado —repitió Eco.

—Me aburres. ¡Déjame solo!

—... ¡solo!... ¡solo! —exclamó Eco.

Esa palabra la llenó de terror.

Pasaron los días, las semanas y los meses, y Eco no se separó de Narciso. Era tan desdichada que se quedó muy pálida y delgada, y cuando toda su belleza se desvaneció a causa del amor que sentía por él, Narciso dijo:

—¡Lárgate de una vez! No soporto ni mirarte. ¿De verdad crees que podría llegar a gustarme una flacucha como tú? ¡Mírate!

—... ¡mírate!... ¡mírate! —sollozó Eco.

—Será un placer —dijo el vanidoso joven, que se dirigió al estanque que se encontraba en el centro del bosque para contemplar su reflejo.

El amor de Eco se convirtió en odio, y aunque no podía hablar, pidió mentalmente un deseo malvado. Deseó que Narciso amara algún día a alguien tal y como ella lo amaba a él, y que sufriera por su culpa tanto como ella había sufrido. Después se aventuró en el bosque, donde, embargada por la tristeza, siguió adelgazando y palideciendo cada vez más.

Finalmente, su cuerpo desapareció por completo. Solo quedó de ella su voz, que se mecía al viento junto con las hojas.

Entretanto, Narciso se sentó junto al estanque a contemplar su reflejo. No podía apartar la mirada. Cuanto más se observaba, más le gustaba lo que veía. Narciso se enamoró del rostro que había en el agua, tal y como Eco se había enamorado de él. Ansiaba besar esos labios, tal y como Eco había ansiado besar los suyos. Finalmente, inclinándose sobre el reluciente estanque, Narciso besó el agua... y el rostro reflejado en ella se desvaneció, formando una serie de ondas.

—¡No te vayas!

Narciso alargó el brazo y sumergió la mano en las aguas, pero solo consiguió desdibujar por completo su reflejo. Así que se quedó sentado, muy quieto, y siguió mirando, mirando y mirando...

Mientras tanto, en su palacio, Hera, la reina de los dioses, se arrepintió de haber tenido ese arrebato y encargó a sus sirvientas que fueran a buscar a Eco para perdonarla. La buscaron

en los riscos y en los bosques, pero cuando gritaron su nombre, «¡Eco! ¡Eco!», sus palabras les fueron devueltas por el soplo de la brisa: «... ¡Eco!... ¡Eco!... ¡Eco!».

Aunque sí lograron encontrar algo: una flor muy bonita, de color blanco y amarillo, que crecía al lado de un estanque. Estaba inclinada sobre las aguas, como si estuviera admirando su propio reflejo en la charca.

Resulta que Narciso había echado raíces allí. Él también se había consumido a causa de un amor imposible, hasta que lo único que quedó de su cuerpo fueron unos pétalos sedosos y un tallo doblado.

—Jamás había visto una flor como esta —dijo una de las ninfas—. Me pregunto cómo se llamará.

Y la brisa que soplaba por el bosque pareció susurrar: «¡Narciso! ¡Narciso!».

Hoy en día, se pueden encontrar flores silvestres como esa creciendo en las riberas de los estanques, inclinadas sobre las aguas, como si estuvieran enamoradas de su propio reflejo. La gente las llama narcisos, pese a que hace ya mucho que quedó en el olvido ese pastorcillo tan presumido.

DÉDALO E ÍCARO

LA ISLA DE CRETA ESTABA GOBERNADA POR EL REY MINOS, Y LA FAMA DE SU crueldad se había extendido de una punta a otra. Un día, mandó venir a su país a un famoso inventor llamado Dédalo.

—Ven, Dédalo, y trae también a tu hijo, Ícaro. Tengo un trabajo para ti, y te pagaré bien.

El rey Minos quería que Dédalo le construyera un palacio, con torres inmensas y un tejado alto y curvo. En las bodegas debía crear un laberinto formado por incontables pasadizos, tan oscuro y sinuoso como para que quienes se internaran en él no pudieran volver a salir.

—¿Para qué lo quiere? —preguntó Dédalo—. ¿Es una cámara del tesoro? ¿Es una prisión para encerrar a los criminales?

Pero Minos se limitó a responder:

—Construye mi laberinto tal y como te he dicho. Te pago para construir, no para hacer preguntas.

Así que Dédalo se mordió la lengua y se puso manos a la obra. Cuando el palacio quedó terminado, lo contempló con orgullo, pues no había otro lugar más hermoso sobre la faz de la tierra. Pero cuando descubrió el propósito del laberinto del sótano, se estremeció de terror.

En el centro del laberinto, el rey Minos puso una bestia. Una criatura tan horrorosa que no existen palabras para describirla. ¡Era un Minotauro, que se alimentaba de hombres y mujeres!

Dédalo quiso marcharse de Creta de inmediato, para olvidarse del laberinto y del Minotauro. Así que acudió al rey Minos para pedir que le pagara.

—Lo lamento —dijo el rey Minos—, pero no puedo permitir que te vayas de Creta, Dédalo. Eres el único hombre que conoce el secreto del laberinto y la manera de escapar de él. Ese secreto no debe salir nunca de esta isla. Así que me temo que Ícaro y tú tendréis que quedaros un poco más.

—¿Cuánto tiempo? —preguntó Dédalo.

—Hasta que os muráis —respondió Minos, riendo—. Pero no te preocupes. Tengo un montón de trabajo para un hombre tan inteligente como tú.

Dédalo e Ícaro se alojaron con todos los lujos posibles en el palacio del rey Minos. Sin embargo, en realidad eran sus prisioneros. Sus aposentos se encontraban en la torre más alta del palacio, que ofrecía unas vistas preciosas de la isla. Comían manjares exquisitos y vestían con ropas caras. Pero por la noche, cerraban la puerta de su bonita estancia con llave y ponían a un guardia a custodiarla. Era una prisión agradable, pero prisión al fin y al cabo. Dédalo se sentía profundamente desdichado.

Todos los días dejaba unas semillas en el alféizar de la ventana para atraer a los pájaros. Le gustaba observar sus colores radiantes, la ingeniosa superposición de sus plumas, su forma de planear sobre la brisa marina. Le consoló pensar que al menos ellos eran libres de ir y venir a su antojo. Los pájaros no tenían más que desplegar sus alas y podían dejar Creta atrás, mientras que Dédalo e Ícaro tendrían que quedarse para siempre en su lujosa celda.

El joven Ícaro no podía comprender la infelicidad de su padre.

—A mí me gusta estar aquí —dijo—. El rey nos da oro y nos deja vivir en esta torre tan alta.

Dédalo soltó un gruñido.

—¡Pero a cambio tenemos que trabajar para un hombre malvado, Ícaro! ¡Y ser prisioneros durante todos los días que nos queden de vida! No nos quedaremos aquí. ¡Ni hablar!

—Pero no podemos marcharnos —repuso Ícaro—. ¿Cómo pretendes que alguien escape de esta isla? ¿Volando? —añadió con una risita.

Dédalo no respondió. Se rascó la cabeza y se quedó mirando desde la ventana a los pájaros que estaban picoteando las semillas en el alféizar.

A partir de ese día, comenzó a levantarse temprano y a quedarse plantado frente a la ventana abierta. Cuando se acercaba algún pájaro a por las semillas, Dédalo le pedía que le prestara una pluma. Después, por la noche, cuando todo el mundo se había ido a la cama, Dédalo trabajaba a la luz de una vela en el mayor invento de todos cuantos había creado.

Madrugó. Trasnochó. Pasó un año entero. Entonces, una mañana, Ícaro se despertó al sentir que su padre le estaba zarandeando.

—Levanta, Ícaro, y no hagas ningún ruido. Vamos a salir de Creta.

—Pero ¿cómo? ¡Eso es imposible!

Dédalo sacó un fardo de debajo de su cama.

—He estado fabricando una cosa, Ícaro.

Dentro del fardo había cuatro abanicos de plumas doblados por la mitad. Los estiró sobre la cama. ¡Eran unas alas!

—He cosido las plumas con unas hebras de lana que he extraído de la manta de mi cama. Ahora, estate quieto.

Dédalo derritió una vela y embadurnó los hombros de su hijo con la pegajosa cera.

—Sí, ya sé que quema, pero enseguida se enfriará.

Mientras la cera seguía blanda, pegó dos de las alas a los omóplatos de Ícaro.

—Ahora ayúdame a ponerme mis alas, hijo. Cuando la cera se endurezca, nos iremos volando de aquí, ¡seremos libres como los pájaros!

—¡Tengo miedo! —susurró Ícaro, cuando se encaramó al estrecho alféizar. Le temblaban las canillas, mientras las inmensas alas pendían de su espalda. Los jardines y patios del palacio quedaban muy abajo. Los guardias reales parecían tan pequeños como hormigas—. ¡Esto no va a salir bien!

—¡Sé valiente, hijo mío! —dijo Dédalo—. Despliega bien los brazos y vuela cerca de mí. Sobre todo... ¿me estás escuchando, Ícaro?

—Sí-sí-sí, padre.

—Sobre todo, ¡no vueles demasiado alto! ¡No te acerques demasiado al sol!

—No te acerques demasiado al sol —repitió Ícaro, cerrando los ojos con fuerza. Después pegó un grito cuando su padre le empujó desde el alféizar.

Ícaro se precipitó hacia el suelo. Con un crujido, las plumas que llevaba a la espalda se desplegaron al viento, e Ícaro descubrió que estaba volando. ¡Volando!

—¡*Estoy volando!* —exclamó.

Los diminutos guardias miraron hacia arriba, perplejos. Empuñaron sus espadas, mientras señalaban hacia arriba, y gritaron:

—¡Avisad al rey! Dédalo e Ícaro están... están... ¡están volando!

Inclinando un ala y después la otra, Ícaro descubrió que podía girar a la izquierda y a la derecha. El viento le alborotó el cabello. Sus piernas flotaban por detrás de su cuerpo. ¡Vio los campos y los arroyos como nunca los había visto antes!

Entonces salieron a alta mar. Las gaviotas comenzaron a picotearle con saña, así que Ícaro se elevó por los cielos, para que no pudieran alcanzarle.

Imitó sus graznidos estridentes y se burló de ellas:

—¡No podéis atraparme!

—¡Recuerda, no vueles demasiado alto! —gritó Dédalo, pero sus palabras fueron engullidas por los chillidos de las gaviotas.

«¡Soy el primer joven volador! ¡Estoy haciendo historia! ¡Voy a ser famoso!», pensó Ícaro, mientras ascendía más y más, volando cada vez más alto.

Finalmente, Ícaro se situó a la altura del sol.

—Te crees que eres lo más alto que hay en el cielo, ¿verdad? —le espetó—. ¡Pues yo puedo volar tan alto como tú! ¡Más, incluso!

Ícaro no reparó en los goterones de sudor que le cubrían la frente: estaba decidido a volar más alto que el sol.

El inmenso calor que irradiaba el astro no tardó en proyectarse sobre el rostro de Ícaro, y sobre su espalda, y sobre las inmensas alas que llevaba pegadas con cera. La cera se reblandeció. Se derritió. Comenzó a gotear. Se despegó una pluma. Después un penacho, que cayó revoloteando lentamente.

Ícaro dejó de aletear. Recordó entonces las palabras de su padre con claridad: *«¡No vueles demasiado cerca del sol!»*.

Con un ruido ensordecedor, las alas se despegaron de sus hombros. Ícaro intentó agarrarlas, pero se plegaron entre sus manos. El muchacho cayó en picado, con las manos llenas de plumas, directo hacia abajo.

Las nubes no interrumpieron su caída.

Las gaviotas no le agarraron con sus picos.

Su propio padre no pudo hacer otra cosa que ver cómo Ícaro se precipitaba de cabeza en el reluciente mar y se hundía hasta las profundidades, entre tiburones, anguilas y calamares. Lo único que quedó del orgulloso Ícaro fue una hilera de plumas, impregnadas de cera, que flotaban en el mar.

Aracne, la tejedora

HACE MUCHO TIEMPO, CUANDO LAS TELAS Y LAS PRENDAS SE COSÍAN A mano, había una tejedora llamada Aracne que era más habilidosa que todas las demás. Sus tapices eran tan hermosos que la gente pagaba auténticas fortunas por ellos. Sastres y costureros acudían de muchos kilómetros a la redonda para ver a Aracne trabajando en su telar. La lanzadera de su telar volaba de un lado a otro, y sus dedos punteaban los hilos como si, en vez de tejer, estuviera tocando un instrumento musical.

—No hay duda de que los dioses te han concedido un talento increíble —decían sus amigas.

—¿Los dioses? ¡Pamplinas! Los dioses no pueden enseñarme nada sobre el oficio de tejedora. Puedo tejer mejor que cualquiera de ellos.

Sus amigas se quedaron pálidas.

—Será mejor que la diosa Atenea no te oiga decir eso.

—Me da igual que se entere. Soy la mejor tejedora del mundo —dijo Aracne.

Una anciana que estaba sentada detrás de ella examinó los ovillos que había hilado Aracne aquella mañana, sintiendo el maravilloso roce de su tacto entre el índice y el pulgar.

—Entonces, si te enfrentaras a la diosa Atenea en una competición, ¿crees que ganarías? —preguntó.

—Atenea no tendría nada que hacer —respondió Aracne—. No contra alguien como yo.

De repente, el cabello canoso de la anciana comenzó a revolotear sobre su cabeza, como si fuera una columna de humo, y quedó envuelto en una luz dorada. Una ráfaga de viento deshizo su abrigo en pedazos y dejó al descubierto una coraza plateada y una túnica blanca y resplandeciente. La anciana creció y creció hasta que les sacó una cabeza a las demás personas que estaban allí. No había duda de que se trataba de Atenea, la hermosa diosa de ojos grises.

—¡Que así sea! —exclamó Atenea—. Competirás contra mí.

Las amigas de Aracne se postraron ante ella, maravilladas. Pero Aracne se limitó a enhebrar otra lanzadera. Y pese a que se había puesto bastante pálida y le temblaban un poco las manos, sonrió y dijo:

—Compitamos, pues. Así comprobaremos quién es la mejor tejedora del mundo.

Las lanzaderas se movieron de un lado a otro, más veloces que los pájaros al construir sus nidos.

Atenea tejió una imagen del monte Olimpo. En ella aparecían todos los dioses: heroicos, gallardos, generosos, sabios y encantadores. Tejió todas las criaturas de la creación en su telar. Cuando tejió un gatito, la muchedumbre exclamó asombrada, y cuando tejió un caballo, quisieron alargar la mano para acariciarlo.

Aracne estaba sentada a su lado, tejiendo también una imagen de los dioses.

Pero era un dibujo cómico. Mostraba todas las tonterías que habían hecho los dioses: sus disfraces, sus peleas, su holgazanería y sus fanfarronadas. Es más, Aracne consiguió que parecieran tan ridículos como la gente corriente.

Pero, ¡oh!, cuando plasmó una mariposa posada sobre una brizna de hierba, pareció que fuera a remontar el vuelo de un momento a otro. Cuando tejió un león, la muchedumbre se puso a gritar, y todos salieron huyendo despavoridos. Su mar resplandecía, sus maizales se mecían al viento, y cuando su tapiz quedó terminado, resultó más hermoso que la propia naturaleza.

Atenea soltó la lanzadera del telar y se acercó a observar la labor de Aracne. La muchedumbre contuvo el aliento.

—*Eres* la mejor tejedora —dijo la diosa—. Tu destreza es inigualable. Ni siquiera yo poseo un don comparable al tuyo.

Aracne se envalentonó y sonrió con arrogancia.

—¿No te lo había dicho?

—Pero tu orgullo es aún mayor que tu destreza —dijo Atenea—. Y tu insolencia no tiene perdón. —Señaló hacia el tapiz de Aracne—. De modo que te gusta burlarte de los dioses, ¿eh? ¡Pues te daré tal escarmiento que nadie volverá a cometer nunca el mismo error!

Atenea le quitó a Aracne la lanzadera de las manos y se la metió en la boca. Después, del mismo modo que ella acababa de transformarse en una anciana, transformó a Aracne.

Los brazos de la joven se quedaron pegados a sus costados, dejando libres tan solo sus largos y hábiles dedos, que se tensaban y se retorcían. Su cuerpo se encogió hasta convertirse en una masa negra del tamaño de una mancha de tinta, con la punta de un hilo asomándole todavía de la boca. Atenea utilizó ese hilo para atar a Aracne de un árbol, y allí la dejó colgando.

—¡Seguirás tejiendo tus tapices durante toda la eternidad! —exclamó la diosa—. Pero por maravillosos que sean, la gente no hará sino estremecerse al verlos y los hará pedazos.

Y así fue.

Aracne fue convertida en la primera araña, condenada a tejer telarañas eternamente en las esquinas de las habitaciones, en los arbustos, en los rincones oscuros donde a la gente se le olvida pasar la escoba. Y aunque las telarañas son uno de los tapices más asombrosos que existen, mira cómo se apresura la gente a quitarlas de en medio.

EL REY MIDAS

ÉRASE UNA VEZ UN REY LLAMADO MIDAS, CUYA ESTUPIDEZ SOLO ERA comparable a su codicia.

Cuando se celebró una competición musical entre los dioses Pan y Apolo, le pidieron a Midas que ejerciera como juez. Pero Pan era amigo de Midas, así que en lugar de escuchar la música para determinar cuál era mejor, Midas decidió concederle la victoria a Pan antes incluso de que empezaran a tocar.

Comparar la música de Apolo con la de Pan es como comparar una trompeta de oro con un silbato de hojalata. Pero Midas ya había tomado una decisión.

—¡Para mí ha sido el mejor, con diferencia! No hay ninguna duda. Pan ha sido el mejor —dijo.

Y así siguió y siguió, alabando a Pan, hasta que Apolo se puso rojo de rabia y le lanzó un hechizo al rey Midas.

—Debes de tener un problema de oído si crees que la música de Pan es mejor que la mía.

—Mis oídos no tienen ningún problema —replicó el necio rey Midas.

—¿De veras? Bueno, ¡enseguida arreglaremos eso!

Cuando llegó a casa, Midas sintió un picor en los oídos. Se miró en el espejo y... ¡qué espanto! Le estaban creciendo las orejas. Cada vez eran más grandes, cada vez eran más peludas, hasta que se convirtieron en unas orejotas de burro marrones y rosadas.

Midas descubrió que podía disimularlas si las remetía debajo de un sombrero de copa alta.

«Nadie debe ver estas orejotas», pensó mientras se paseaba con el sombrero calado sobre los ojos.

No se lo quitó en todo el día. Ni siquiera se lo quitó por la noche, para que la reina no viera sus orejas de asno.

Nadie se dio cuenta. Fue un gran alivio. Cuando los súbditos vieron que el rey llevaba un sombrero de copa alta todo el día, se apresuraron a imitarle, creyendo que era la última moda.

Pero había una persona a la que Midas no pudo ocultar su secreto. Cuando acudió el barbero para cortarse el pelo, la espantosa verdad salió a la luz.

El barbero soltó un grito ahogado, se quedó pasmado, y se metió una toalla en la boca para reprimir una carcajada.

—¡No se lo dirás a nadie! —le ordenó el rey Midas.

—¡Por supuesto que no! ¡A nadie! ¡Nunca! ¡Lo prometo! —balbuceó el barbero, que le cortó el pelo al rey y le ayudó a volver a ponerse el sombrero. Aquel sería su secreto, uno que no debía revelarse jamás.

El barbero había dado su palabra, y él siempre cumplía sus promesas. Pero ¡ay, cielos! ¡Era un secreto muy difícil de guardar! Se moría por contárselo a alguien. De repente, se echaba a reír en público y no podía explicar por qué. Se quedaba despierto por las noches, por miedo a hablar en sueños. Guardó el secreto hasta que creyó que le acabaría consumiendo por dentro. Al final no pudo resistirlo más y tuvo que contarlo.

El barbero salió a dar un largo paseo, fuera de los límites del pueblo, hasta llegar al río. Allí excavó un agujero en el suelo y metió la cabeza. A continuación, susurró dentro del agujero: *«¡El rey Midas tiene orejas de burro!»*.

Desde entonces, se sintió mucho mejor.

Y las nubes descargaron lluvia, la hierba siguió creciendo, y los juncos situados junto al río crecieron también.

Entretanto, Midas (que seguía llevando su sombrero, por supuesto) estaba dando un paseo por su jardín cuando se cruzó con un sátiro, mitad hombre y mitad caballo. El sátiro se había perdido. Midas le invitó a desayunar y le indicó cómo seguir su camino.

—Te lo agradezco mucho —dijo el sátiro—. Permíteme que te dé una recompensa. Te concederé un deseo.

Midas podría haber pedido librarse de las orejas de burro, pero no. De inmediato, en la mente de Midas se proyectaron imágenes de dinero, riquezas, tesoros... *¡Oro!* Sus ojos centellearon.

—¡Oh, por favor te lo pido! ¡Haz que todo lo que toque se convierta en oro!

—Uf. Eso no es una buena idea —repuso el sátiro—. Piensa otra cosa.

Pero Midas insistió. Ese era su deseo. El sátiro se encogió de hombros y prosiguió su camino.

—¡Bah! Ya sabía yo que era demasiado bueno para ser cierto —dijo el rey Midas, que se sintió tan decepcionado que cogió una piedra para lanzársela al sátiro.

La piedra se convirtió en oro en la palma de su mano.

—¡Mi deseo se ha cumplido! ¡El sátiro me lo ha concedido después de todo! —exclamó Midas, que se puso a pegar brincos.

Corrió hacia un árbol y lo tocó. Al momento, las hojas y las ramas se convirtieron en oro. Regresó corriendo al palacio y tocó cada pared, cada silla, cada mesa y cada lámpara. Todas se convirtieron en oro. Cuando tocó las cortinas, incluso ellas se volvieron sólidas con un chasquido metálico.

—¡Preparadme un festín! —ordenó Midas—. ¡Ser tan rico me provoca hambre!

Los sirvientes corrieron a buscar carne y pan, fruta y vino, mientras Midas tocaba todos los cubiertos y los platos, porque le apetecía comer en una vajilla de oro. Cuando llegó la comida, agarró un muslo de pollo y le pegó un bocado.

Clanc. El pollo tenía un tacto duro y frío entre sus labios. El apio le arañó la lengua. El pan le rompió un diente. Todos los alimentos se convertían en oro a medida que los tocaba. El vino traqueteó en su copa, tan sólido como un huevo dentro de una huevera.

—¡No te quedes ahí mirándome! ¡Ve a buscar algo que pueda comer! —le dijo Midas a un sirviente, y le pegó un empujón. Pero el sirviente se convirtió en una estatua de oro y se cayó al suelo con un golpe seco.

En ese momento, llegó la reina.

—¿Qué es eso que he oído sobre un deseo? —preguntó, y se acercó para besar a su marido.

—¡No te acerques! ¡No me toques! —gritó Midas, que se apartó rápidamente de ella.

Pero su hijo, que era demasiado pequeño como para entender lo que pasaba, salió corriendo y se abrazó a las rodillas de Midas.

—¡Papá! ¡Papá! ¡Pa...!

Silencio. Su hijo se quedó en silencio. Los brazos dorados del niño seguían aferrados alrededor de las rodillas de Midas. Su boquita dorada estaba abierta, pero no salió de ella ningún sonido.

Midas se fue corriendo a su dormitorio y cerró la puerta. Pero aquella noche no pudo pegar ojo, pues la almohada se convirtió en oro bajo su cabeza. Se sentía tan hambriento, tan sediento, tan solo. Tan asustado.

—¡Oh, dioses! ¡Anulad este horrible deseo! ¡No me di cuenta de lo que pedía!

Se oyó el traqueteo de unas pezuñas y el sátiro asomó la cabeza por la ventana.

—Intenté decírtelo —le reprendió.

Midas se arrodilló sobre el suelo dorado. Su túnica dorada resonó y se balanceó sobre él como si fuera una campana gigante. Su sombrero de copa alta se cayó al suelo como si fuera una cazuela metálica.

—¡Anúlalo! ¡Por favor, pídeles a los dioses que anulen mi deseo! —le rogó.

—Con unas orejas como esas, creo que ya tienes suficientes problemas —dijo el sátiro, riéndose a carcajadas—. Está bien. Ve a lavarte al río. Pero recuerda no ser tan imprudente la próxima vez.

El rey Midas corrió sobre la hierba, se abrió paso entre los juncos y se zambulló en el río. Las ondas del agua quedaron cubiertas por unos polvos dorados, pero el agua en sí no se convirtió en oro. Tampoco la orilla, cuando Midas salió del río. ¡Se había curado!

Llevó cubos de agua hasta el palacio y los echó sobre la pequeña estatua dorada que había en el comedor. Y allí apareció su hijito, empapado de los pies a la cabeza, llorando a moco tendido.

Llegados a ese punto, la hierba había crecido mucho en los campos, y los juncos situados junto al río eran cada vez más altos. Cuando el viento soplaba, crujían. Cuando el viento soplaba más fuerte, murmuraban. Cuando el viento soplaba todavía más fuerte, susurraban: *«¡El rey Midas tiene orejas de burro!»*.

Y en ciertos días de mucho viento, los juncos cantaban tan fuerte que todo el mundo los escuchaba a kilómetros a la redonda: *«¡El rey Midas tiene orejas de burro!»*.

Y así fue como el secreto del rey Midas llegó hasta nuestros días.

PERSEO

HACE MUCHO TIEMPO, CUANDO LOS ADIVINOS DECÍAN LA VERDAD, VIVÍA un hombre muy asustado. Como cualquier padre, el rey Acrisio amaba a su hija, Dánae, y a su bebé, al que llamaron Perseo. Pero un día cometió el error de ir a visitar a un adivino.

—Morirás a manos del hijo de Dánae —le dijo el adivino al rey.

De inmediato, Acrisio dio orden de que llevaran un cofre de madera a la playa y lo dejaran junto a la orilla del mar.

—¿Un cofre, majestad? —preguntaron sus sirvientes.

—Sí, un cofre, con una tapa y un candado robusto. ¡Y rápido!

Ya en la playa, unos rudos soldados metieron a Dánae en el cofre, y le tiraron encima a su bebé antes de cerrar la tapa. Mientras el cofre se iba flotando por el mar, el rey Acrisio les dijo adiós con la mano.

«Seguro que terminarán ahogándose —pensó—. Pero yo no los maté, ¿verdad? Nadie puede decir que los maté yo».

En lugar de hundirse, el cofre flotó en el mar. Y siguió flotando durante días hasta que cayó en las redes de un joven pescador, cerca de la orilla de un reino lejano.

El pescador, que se llamaba Dictis, llevó a Dánae hasta la pequeña choza de madera en la que vivía, y fue muy amable con ella y con el pequeño Perseo. Por desgracia, el rey de ese país no era tan bueno como Dictis. Al rey Polidectes le gustaba coleccionar esposas, tal y como otros coleccionan cuadros. Y en cuanto oyó hablar de Dánae, quiso añadirla a su colección.

Dánae le rechazó educadamente cuando Polidectes se le declaró. Y siguió rechazándole durante diecisiete años. Llegados a ese punto, el rey estaba furioso.

—¡Se acabó pedir las cosas por las buenas! ¡Guardias, prended a Dánae y traedla aquí para casarnos de inmediato!

Había olvidado que, después de diecisiete años, su hijo Perseo se había convertido en un joven sano y fuerte. Perseo les propinó una paliza a los guardias y los mandó de vuelta con Polidectes, maltrechos y magullados.

—¡Perseo es un joven prodigioso, majestad! —exclamaron, jadeantes—. Ha jurado que su madre no se casará con nadie, a no ser que sea su deseo hacerlo. Dice que la protegerá día y noche.

El rey Polidectes apretó los dientes.

—Debo librarme de ese condenado muchacho.

Así que Polidectes le planteó un desafío a Perseo, el más difícil que pudo concebir.

—Te desafío a que me traigas la cabeza de la gorgona Medusa —dijo.

Medusa había sido una muchacha bella, pero tan vanidosa que había cometido el error de alardear de que nadie, ni siquiera una diosa, era más hermosa que ella. Y los dioses se enteraron. Como castigo, la convirtieron en una gorgona, un monstruo de mirada penetrante y serpientes en lugar de pelo. Todo aquel que la mirase se convertía en piedra.

Y Perseo cayó en la trampa del rey.

—¡Partiré de inmediato! —exclamó.

—¡Bravo! —corearon los cortesanos—. ¡Bien dicho, Perseo!

—¡Bravo! — murmuró el rey Polidectes—. No saldrá vivo de esta.

—¡Bravo! —exclamaron los dioses, que contemplaron la escena desde el monte Olimpo—. Qué muchacho tan valiente es ese Perseo. Se merece nuestra ayuda.

—Yo le prestaré mis sandalias aladas —dijo Hermes.

—Yo le prestaré mi escudo dorado —dijo la diosa Atenea.

—Yo le prestaré mi yelmo de la invisibilidad —dijo Plutón—, y un grueso saco donde podrá meter la cabeza de Medusa.

—Yo observaré la gesta, pero no pienso intervenir —dijo Zeus—. Perseo debe demostrar que es tan valiente con sus actos como lo es con sus palabras.

Unos días después, tras despedirse de su madre, Dánae, Perseo emprendió su ruta. No llevaba nada más que una espada, pero pronto se encontró con un yelmo tirado en el suelo.

Se lo puso, pensando que podría resultarle útil si tenía que combatir contra un monstruo. Bajó la mirada hacia sus pies, ¡pero habían desaparecido! ¡No tenía pies! ¡Ni manos! ¡Ni ropa, ni cuerpo! Incluso el propio yelmo se volvió invisible cuando Perseo se lo puso en la cabeza.

Perseo siguió caminando y encontró un escudo tirado en el suelo. Su superficie metálica estaba tan pulida que parecía un espejo. Perseo se colgó el escudo a la espalda, pensando que podría resultarle útil si tenía que combatir contra un monstruo, y prosiguió su camino.

Un poco más adelante, encontró un par de sandalias aladas. Se las puso y, ¡caray!, comenzó a volar por los aires. Las sandalias le subieron alto, muy alto, por encima de las copas de los árboles. Sin duda, un calzado así le resultaría muy útil en un combate contra un monstruo. Perseo alzó la mirada al cielo y dio las gracias a los dioses por sus regalos, antes de proseguir la búsqueda de Medusa.

Pero para encontrarla, Perseo sabía que primero debía encontrar a las tres grayas. Solo ellas sabían dónde tenía su guarida la horripilante gorgona Medusa. Estas tres repulsivas ancianas vivían en lo alto de un acantilado y siempre estaban atentas por si pasaba algún viajero, para cocinarlo en su caldero de hierro. Aunque no podían montar guardia todas a la vez. Entre las tres, solo tenían un único ojo gris.

Cuando aún estaba bastante lejos de su guarida, Perseo se puso el yelmo de la invisibilidad. Cuando se acercó, pudo oír las voces de las tres macabras hermanas, que estaban discutiendo por la cena. No se ponían de acuerdo sobre a quién le tocaba comer. Y es que, entre las tres, solo tenían un único diente podrido.

Entonces, una de las hediondas hermanas exclamó:

—¡Es mi turno para usar el ojo!

La que llevaba puesto el ojo suspiró y se lo sacó de su cuenca:

—Hala, aquí lo tienes.

—¿Dónde? Pónmelo en la mano, ¿quieres?

—Eso es lo que he hecho. No me digas que lo has tirado.

—¡No llegaste a dármelo! ¡A mí no me eches la culpa!

Mientras discutían con vehemencia, se pusieron a rebuscar a tientas su único ojo gris.

—¡Tengo lo que estáis buscando! —dijo el invisible Perseo.

Las grayas soltaron un aullido espantoso.

—¿Quién es ese? ¡Hacedlo pedazos, hermanas! ¡Nos ha robado nuestro preciado ojo!

—Tranquilizaos, señoras —dijo Perseo, educadamente—. Os devolveré el ojo...

—¡Buen chico! ¡Aquí! ¡Dámelo! ¡Dámelo! ¿A qué estás esperando?

—... En cuanto me digáis cómo puedo encontrar a la gorgona Medusa.

—¡No! ¡Jamás! ¡Es un secreto!

—¡No podemos decírtelo!

—¡No te lo diremos!

—En ese caso, no os importará que arroje vuestro ojo al caldero, ¿verdad? O que lo eche a rodar colina abajo.

—¡No! ¡No!

—¡No lo hagas!

—¡Te lo diremos! ¡Te lo diremos! Tienes que viajar tres días en dirección este, dos días hacia el norte, un día hacia el oeste y una hora hacia el sur. Y ahora, ¡devuélvenos el ojo!

Las grayas avanzaron arrastrando los pies, siguiendo el sonido de la voz de Perseo y extendiendo sus garras. Perseo les lanzó el ojo y se marchó, mientras las ancianas lo buscaban a tientas sobre el suelo rocoso.

—*No os preocupéis, hermanas* —susurró una de ellas, cuando pensaban que Perseo ya se había ido—. *¡Una sola mirada a la gorgona Medusa y este ladrón acabará convertido en piedra!*

«¡Es un reto digno de un héroe!», pensó Perseo, que salió volando en dirección este, por encima de las aguas inquietas.

Pese a que contaba con las sandalias aladas de Hermes, pasó mucho tiempo hasta que Perseo divisó la isla de la gorgona Medusa. Se extendía por debajo de él, como un único ojo gris sobre la superficie del mar. No buscó al monstruo por toda la isla, pues sabía que, con solo mirarla, acabaría convertido en piedra. En vez de eso, la localizó por *el sonido de sus cabellos*. Y es que Perseo también sabía que, en lugar de rizos o trenzas, la cabeza de Medusa estaba coronada por unas serpientes que siseaban y se retorcían, escupiendo veneno.

A su alrededor, había un centenar de figuras inmóviles como estatuas, convertidas en piedra en el mismo momento en que posaron sus ojos sobre Medusa.

«¿Cómo voy a matar a este monstruo sin mirarlo?», se preguntó Perseo.

Entonces el sol se reflejó en el espejo dorado de Atenea y se le ocurrió una idea. Sosteniendo el espejo delante de su rostro, echó a volar. Por primera vez, tuvo ocasión de ver al monstruo, reflejado sobre la reluciente superficie metálica.

Medusa estaba dormida, aunque las serpientes de su cabeza jamás descansaban. Se dieron cuenta de que alguien andaba cerca. Apuntaron al aire con sus lenguas bífidas. Pero el invisible Perseo las apartó de una patada y lanzó una estocada con su espada. La espantosa cabeza

de Medusa cayó al suelo con un golpe seco. Sin embargo, las serpientes no habían muerto. Con mucho cuidado, Perseo metió la cabeza en el saco.

De camino a casa, mientras sobrevolaba un desierto árido, la sangre de la gorgona comenzó a gotear a través del saco y cayó sobre la arena que había debajo. A medida que cada gota tocaba el suelo, una serpiente se escabullía y se introducía en la arena.

Durante su vuelo, Perseo pasó sobre un país amenazado por un monstruo horrible. Era una serpiente marina que devoraba a los nadadores, capturaba a los pescadores en la playa e incluso se impulsaba hasta tierra firme para secuestrar a personas en las calles y llevárselas al mar.

—¿Qué vamos a hacer? —exclamó el rey—. ¿Cómo puedo librar a mi país de esta horrible amenaza?

Su adivino le dijo:

—Los dioses están furiosos. Solo puedes hacer una cosa. Debes sacrificar tu posesión más valiosa al monstruo marino. Debes alimentarlo con tu propia hija, Andrómeda.

El rey pegó un grito y comenzó a tirarse de los pelos, pero el adivino insistió: Andrómeda debía morir.

Mientras la llevaban a rastras por la orilla, gritando, Andrómeda divisó al hombre con el que estaba prometido.

—¡Fineo, socorro! ¡No les dejes! ¡Detenlos! ¡Por favor!

Pero Fineo le dio la espalda.

—¿Quieres que nos devoren a todos mientras dormimos? Qué muchacha tan egoísta: deberías sentirte orgullosa de poder servir a tu país.

Y dicho esto se marchó corriendo, metiéndose los dedos en los oídos para no oír los gritos de la joven.

Una vez en el acantilado, encadenaron a Andrómeda a un poste y la ofrecieron en sacrificio a la serpiente marina. La muchacha se quedó mirando hacia el mar. ¿Era una aleta gigante lo que estaba surcando las olas? ¿Era una cola inmensa eso que golpeaba el mar y producía una espuma negra? Andrómeda tiró de sus cadenas y gritó con todas sus fuerzas.

Lo único que oyó Perseo, mientras sobrevolaba el lugar, fue un pequeño grito ahogado, como el graznido de una gaviota. Pero bastó para hacerle mirar hacia abajo.

Entonces vio al monstruo que surcaba las aguas a toda velocidad, y vio a la chica que estaba encadenada al acantilado.

Como un halcón, Perseo descendió en picado. Pero la serpiente emergió del agua y lo arrojó contra el acantilado. A Perseo se le cayó el escudo del hombro, y de la mano se le cayeron el yelmo y el saco. Perseo desenvainó su espada y se plantó entre la princesa y las fauces abiertas del monstruo, después hundió su espada entre sus músculos y sus escamas.

Retorciéndose de dolor, la criatura le golpeó con la cola y lo arrojó al mar. Para no ahogarse, Perseo se aferró a lo único que tenía a mano: el cuello viscoso del monstruo. Después le clavó la espada repetidamente. La bestia se retorció una vez, dos veces, tres... y finalmente cayó boca arriba, muerta.

Mientras Perseo salía del agua, Andrómeda se quedó mirándole, con un profundo gesto de agradecimiento en la mirada. Más arriba, en lo alto del acantilado, la muchedumbre comenzó a vitorear a Perseo.

—¡Que alguien avise al rey!

El rey mandó llamar a Perseo de inmediato.

—Pide cualquier recompensa, joven, y la tendrás. ¡Le has salvado la vida a mi única hija!

—¿Qué otra cosa podía hacer? —dijo Perseo con timidez—. Es muy hermosa. La mejor recompensa que se me podría ocurrir es que Andrómeda se convierta en mi esposa.

La boda acababa de comenzar cuando llegó Fineo. Irrumpió en el palacio con un ejército de cincuenta hombres.

—¿Dónde está el ladrón de las botas emplumadas? ¿Cómo se atreve a robarme a mi prometida?

—Pero, Fineo, ¡si te alegraste de que fuera a devorarme el monstruo marino! —dijo Andrómeda—. Perseo arriesgó su vida para salvarme.

—Entonces no le importará morir ahora, ¿verdad? —bramó Fineo.

Cincuenta hombres rodearon a Perseo. Cada uno llevaba una lanza, y todos levantaron el brazo para arrojarlas. ¿Cómo podría Perseo desviar cincuenta lanzas con una única espada? En un rincón de la estancia se encontraba el saco negro. Perseo se lanzó sobre él, lo abrió y metió la mano.

—*¡Todos aquellos que amáis a Perseo, cerrad los ojos!* —exclamó, y sacó la cabeza de la gorgona Medusa.

Cincuenta lanzas cayeron al suelo, soltadas por unas manos que se habían convertido en piedra. Sus atacantes se convirtieron en una serie de estatuas horrendas, condenadas a permanecer para siempre con un brazo en alto. Perseo se apresuró a volver a meter la cabeza en el saco, por miedo a que Andrómeda pudiera abrir los ojos.

Al día siguiente, con la cabeza de Medusa a buen recaudo y a bordo de un navío, los recién casados emprendieron el viaje de vuelta a casa.

Con Perseo fuera de juego, el rey Polidectes pensó que podría obligar a Dánae a casarse con él.

—¡Prepárate para la boda! —le ordenó—. ¡Ya he perdido suficiente tiempo!

Dánae estaba aterrorizada. Dictis, el amable pescador, intentó protegerla, pero enseguida quinientos soldados rodearon a Dánae y a su amigo.

—¡Ya he esperado bastante! —exclamó el rey Polidectes—. ¡Hoy te casarás conmigo, Dánae! Mira. ¡Aquí tienes quinientos escoltas que te conducirán al templo!

Los soldados desenvainaron sus espadas. De repente, comenzó a extenderse un murmullo entre sus filas, a medida que dos personas se abrían paso hasta el rey: un joven y una muchacha.

—Os traigo la cabeza de la gorgona Medusa, majestad —dijo Perseo—. Pero ya veo que el desafío no fue más que una excusa para quitarme de en medio.

El rey Polidectes se agarró la barriga y comenzó a reírse a carcajadas.

—¿Me has traído la cabeza de la gorgona Medusa? ¡Menudo botarate! ¡Nadie podría hacer tal cosa! Me da igual lo que lleves realmente dentro de ese saco. Voy a casarme con tu madre, te guste o no, ¡así que más te vale disfrutar de la ceremonia!

—¿No me creéis? —preguntó Perseo—. Entonces, comprobadlo vos mismo. ¡Contemplad vuestro regalo de boda!

Perseo metió una vez más la mano en el saco. Andrómeda se tapó los ojos. Perseo giró la cabeza hacia un lado. Pero Polidectes y sus soldados se quedaron mirando lo que tenía en la mano. Se quedaron mirando fijamente, y aún lo siguen haciendo, en la misma postura, pues en ese momento la cabeza de la gorgona Medusa los convirtió a todos en piedra.

Cuando terminó todo, Perseo se fue volando mar adentro y hundió la cabeza del monstruo en las profundidades, donde convirtió todas las algas en un coral resplandeciente. Después dejó las armas mágicas en el suelo, al atardecer, y al día siguiente habían desaparecido.

Dictis se convirtió en rey, ocupando el lugar del malvado Polidectes, y el pueblo lo celebró por todo lo alto, porque le tenían mucho cariño al viejo pescador. Dánae se casó con él y, por fin, fue feliz. Todos los reyes, reinas, príncipes y princesas del mundo asistieron a la boda y

a la competición deportiva que se celebró después. Hubo carreras, saltos, lucha libre, lanzamientos de jabalina... El propio Perseo se inscribió a la competición de lanzamiento de disco.

Cuando le llegó el turno, lanzó el disco de latón mucho más alto, más lejos y con más fuerza que cualquiera de sus competidores. Pero una ráfaga de viento lo desvió y lo lanzó contra los espectadores. Se produjo un silencio espantoso. ¡El disco había golpeado a un anciano! Estaba muerto.

—¿Quién es? ¿Alguien lo sabe? —preguntó Perseo, afligido.

—Es tu abuelo —dijo Dánae en voz baja—. Pobrecillo. Era su destino morir por tu mano. No te culpes. Nadie puede burlar al Destino. ¿Te das cuenta de lo que significa esto? ¡Ahora tienes tu propio reino! ¡Ahora eres el rey Perseo!

Pero Perseo no gobernó el reino de Acrisio. Estaba demasiado triste por haber matado a su propio abuelo. Así que, en vez de eso, viajó con Andrómeda hasta una tierra vacía y comenzó a construir allí un nuevo reino, el más noble que se hubiera visto jamás.

LOS DOCE TRABAJOS DE HÉRCULES

HABÍA UNA VEZ UN BEBÉ TAN EXTRAORDINARIO QUE HASTA LOS DIOSES SE quedaron admirándolo en su cuna. Lo llamaron Hércules, y cuando unas enormes serpientes se metieron en el canasto con intención de estrangularlo, el niño hizo un nudo con ellas, las trenzó como si fueran trozos de cuerda y las volvió a echar fuera de la cuna.

Y es que Hércules era fuerte, increíblemente fuerte, más que tú, que yo y que cien personas más juntas. Por suerte, también era dulce y amable, así que sus amigos no tenían nada que temer de él. Aunque su maestro de la escuela le había hecho prometer que jamás probaría una gota de alcohol.

—Si alguna vez te emborrachas, Hércules —le dijo el profesor—, ¡quién sabe la de cosas horribles que podrías hacer con esa fuerza tan tremenda que tienes!

Hércules se lo prometió, y estaba decidido a cumplir su promesa. Pero todos sus amigos bebían en las fiestas, su familia siempre tomaba vino con las comidas, y Hércules se sentía un poco ridículo al tener que pedir agua o zumos. Así que sucumbió a la tentación de probar una copa de vino... y después otra, y otra, y otra. No tardó en emborracharse completamente, y acabó lanzando puñetazos en todas direcciones. Cuando se disiparon los efectos del vino, la familia de Hércules yacía muerta en el suelo, y el joven se convirtió en un marginado odiado por todos, especialmente por sí mismo.

A causa de su crimen, fue condenado a servir como esclavo al rey Euristeo durante siete años.

Euristeo era un hombre mezquino y despreciable, cuyo reino estaba sumido en multitud de problemas, que decidió imponer a Hércules las doce tareas más peligrosas que se puedan imaginar, unas tareas que acabarían siendo conocidas como «Los doce trabajos de Hércules».

Un león gigantesco estaba aterrorizando su reino, devorando a hombres, mujeres y niños.

—Ve a matar al león, esclavo —le dijo a Hércules.

Hércules se sentía tan desdichado que no le importaba morir. Encontró la guarida del león y se adentró en ella, sin más arma que sus propias manos. Cuando la bestia se abalanzó sobre él, Hércules lo agarró por el cuello y lo sacudió como si fuera una alfombra, después lo estrujó como si estuviera haciendo la colada. Cuando murió el león, Hércules lo despellejó y utilizó su piel a modo de túnica, anudando las pezuñas alrededor de la cintura y de los hombros.

Si el rey Euristeo se sintió agradecido, no dio muestras de ello y se limitó a enviar a Hércules a cumplir su segundo trabajo.

—Si eres capaz de matar leones —dijo—, también podrás matar a la Hidra.

La Hidra era una serpiente marina que vivía en mitad de una ciénaga. Cuando nació, tenía nueve cabezas. Pero cada vez que le cortaban una, le crecían dos más para reemplazarla. Cuando Hércules se plantó frente a frente con la Hidra, tenía cincuenta cabezas, y todas hacían rechinar sus espantosos dientes.

Hércules fue veloz con la espada y ágil con los pies. Pero, aunque logró cercenarles el cuello a muchas serpientes sin que le mordieran, la batalla no hizo sino complicarse. ¡Las cabezas no paraban de multiplicarse! Así que Hércules se alejó corriendo y encendió un fuego. Después calentó su garrote de madera hasta dejarlo al rojo vivo y, con la espada en una mano y el garrote en la otra, reanudó el combate.

Ahora, cada vez que cortaba un cuello, chamuscaba la punta cercenada con el garrote al rojo, y así la cabeza no volvía a crecer. Finalmente, el cuerpo de la Hidra quedó reducido a algo parecido al tocón de un árbol.

No hubo tiempo para descansar después de combatir a la Hidra. El rey Euristeo envió a Hércules a capturar una cierva con cuernos de oro y después a matar un jabalí inmenso.

El quinto trabajo de Hércules resultó especialmente desagradable: limpiar los establos de Augías. Augías tenía mil animales apiñados en pocilgas y establos que ocupaban la totalidad de un valle maloliente. Era demasiado perezoso como para limpiar sus animales, y demasiado tacaño como para contratar a alguien para que lo hiciera. Así que las pobres bestias estaban cubiertas de boñiga hasta la barriga. La gente que vivía a kilómetros a la redonda de los establos se quejaba del olor.

Hércules se subió a una colina, desde donde se divisaba el valle, y se tapó la nariz. Vio un río que discurría cerca, y aquello le dio una idea. Moviendo peñascos con tanta facilidad como si fueran almohadones, construyó una presa, de tal forma que el río se salió de su curso y comenzó a descender por el valle. Sobresaltados, los caballos, vacas, cabras y ovejas se tambalearon en mitad de un torrente de agua, pero el río se llevó por delante toda la boñiga que se acumulaba entre sus patas. Hércules no tuvo más que demoler la presa con un golpe de su garrote, y el río regresó a su anterior cauce. Los animales se quedaron tiritando, sacudiendo su pelaje para secarse, en un valle limpio y verde.

El rey Euristeo ya le estaba esperando con sus siguientes tres encargos. Hércules debía acabar con una bandada de pájaros sanguinarios devoradores de hombres, domar al toro de Creta y capturar a los famosos caballos salvajes que corrían más rápido que el viento.

Llegados a ese punto, el rey había empezado a ponerse muy nervioso en presencia de su esclavo. Mandó que le construyeran una enorme vasija de bronce y se escondía en ella cada vez que Hércules regresaba de cumplir uno de sus trabajos.

—He domado al toro, majestad; los pájaros devoradores de hombres han muerto, y los caballos salvajes están ahí fuera, en el jardín —dijo Hércules, cuando regresó poco después—. ¿Qué debo hacer ahora?

—¡Tráeme el cinturón incrustado de joyas que lleva puesto la reina de las Amazonas! —dijo el rey, desde el interior de su urna.

He aquí una tarea para la que Hércules no tendría por qué utilizar la fuerza bruta. Simplemente, se dirigió a la reina de esas feroces guerreras y le explicó el motivo de su visita. Se ganó enseguida el favor de la reina, que no dudó en entregarle el cinturón. Por desgracia, se corrió la voz por el campamento de que Hércules había venido a matar a la reina, así que tuvo que enfrentarse a un millar de guerreras enfurecidas, feroces como avispas, antes de poder escapar con el cinturón.

Y los trabajos continuaron. En cuanto Hércules concluía una tarea, el rey le encargaba otra. Para poder llevar ante Euristeo al legendario buey gigante, Hércules construyó un puente sobre el mar, doblando los picos de dos montañas por encima del agua. Para traer a Cerbero, el perro de tres cabezas de Plutón, viajó hasta las temibles profundidades del Inframundo.

Pero el duodécimo, último y más ambicioso encargo del rey fue que Hércules le trajera las manzanas de las Hespérides. Esas frutas mágicas crecían en un árbol, dentro de un jardín situado en el fin del mundo, y enroscado alrededor de ese árbol había un dragón que nunca dormía.

Incluso Hércules, a pesar de su valentía y su fortaleza, temblaba solo de pensar en enfrentarse al dragón. Lo mejor sería conseguir que un amigo pidiera en su lugar las frutas, y que el dragón le diera permiso para llevárselas. Así que Hércules fue a visitar a un gigante llamado Atlas.

Atlas no era un gigante corriente, de los que son tan altos como una casa. Atlas era el hombre más grande del mundo, se alzaba sobre las viviendas, los árboles, los riscos y las colinas.

Era tan alto que los dioses le habían asignado la tarea de sostener el cielo para impedir que las estrellas se cayeran. El sol le chamuscaba el cuello y la luna nueva le afeitaba la barba. Durante miles de años, había permanecido quieto en el mismo sitio.

—¿Cómo quieres que vaya hasta el fin del mundo? —dijo Atlas, cuando Hércules le pidió el favor—. *Así no puedo ir a ninguna parte.*

—Yo podría sujetar el cielo en tu ausencia —propuso Hércules.

—¿Podrías? ¿Lo harías? ¡En ese caso, iré! —exclamó Atlas.

Así que Hércules se apoyó el cielo sobre la espalda. Resultó ser la carga más pesada que había llevado encima en toda su vida. Atlas se estiró y después se dirigió con grandes zancadas hacia el fin del mundo. Los jardineros eran miembros de su familia.

Recoger las manzanas no planteó ninguna dificultad. Pero mientras el gigante se apresuraba a cruzar el mundo de regreso, cargado con los preciados frutos, cayó en la cuenta de lo maravilloso que era ser libre. A medida que se acercaba a casa, la idea de volver a cargar con el peso del cielo le pareció cada vez menos atractiva. Redujo el paso. Cuando al fin llegó junto a Hércules —el pobrecillo estaba exhausto, molido—, Atlas exclamó:

—¡He tomado una decisión! Dejaré que seas tú el que sujete el cielo, y yo le entregaré estas manzanas al rey Euristeo.

Se produjo un silencio. Después Hércules dijo, con un gruñido:

—Está bien. Te lo agradezco. Es un gran honor tener la posibilidad de sostener el cielo. Pero si pudieras ayudarme a ponerme un cojín en la espalda antes de que te vayas... estas estrellas empiezan a picar...

Así que Atlas sujetó el cielo una vez más, solamente hasta que Hércules encontrara un cojín para su espalda. Incluso le dio a Hércules las manzanas para que las sujetase, porque necesitaba las dos manos.

—Perfecto, pues yo ya me voy —dijo Hércules, que se puso a hacer malabarismos con las manzanas mientras se escabullía—. Te agradezco muchísimo tu ayuda. Puede que, la próxima vez, consigas jugármela.

Después de siete años, los duros trabajos de Hércules llegaron a su fin, y este quedó libre. Pero hasta el día de su muerte, jamás logró superar la enorme pena que le producía haber tomado esa primera copa de vino.

Sí, como Hércules era un simple hombre y no un dios, se murió. Pero los dioses no le olvidaron. Dividieron su cuerpo en una serie de estrellas y le pusieron en el firmamento, para que descansara de sus trabajos durante toda la eternidad, entre las galaxias y los planetas.

Apolo y Dafne

Había una vez un dios que era más joven que todos los demás. Cupido no era más que un muchacho, pero, precisamente por eso, le habían confiado la custodia de la cosa más importante de todas: el enamoramiento. Con su arco y sus flechas podía atravesar el corazón de cualquier hombre o mujer. Y una vez que la flecha daba en el blanco, sus efectos eran irreversibles.

Un día, cuando Apolo, el dios del sol, vio a Cupido con su diminuto arco y sus flechas, se rio con rudeza y dijo:

—¿Qué hace un bebé portando armas propias de un guerrero? ¡Deberías dejar el tiro con arco en manos de un adulto como yo!

Cupido se enfadó tanto que sacó de su carcaj una flecha con la punta dorada y la disparó, a bocajarro, contra el pecho de Apolo. El dios del sol no sintió ningún dolor, apenas un pinchazo.

—¡Ja! ¿Eso es lo mejor que sabes hacer? —dijo, burlándose de Cupido.

Apolo creía saberlo todo sobre el amor. Las mujeres siempre caían rendidas a sus pies, porque era muy guapo. Pero solo cuando la flecha dorada de Cupido le atravesó el pecho, supo qué es lo que se siente al estar enamorado. Sus ojos se posaron sobre Dafne, una ninfa del agua, hija del río Peneo. Dafne se convirtió de inmediato en su obsesión, en su amada predilecta, en su objeto de deseo.

Entonces, Cupido disparó una segunda flecha. Esta tenía la punta bañada en plomo. Atravesó el pecho de Dafne e inundó su corazón, no con amor, sino con desprecio. Desde ese momento, repudió a todos los hombres.

—¡Dafne, te amo! —exclamó Apolo, pero Dafne se dio la vuelta y se fue corriendo. Huyó a través del bosque, de los prados y de las montañas.

—¡Vuelve, Dafne! ¿Adónde vas? ¿Por qué corres? ¡Te amo! ¡Solo quiero besarte, y abrazarte, y decirte lo mucho que te quiero!

—¡Déjame en paz! —gritó Dafne—. ¡No quiero tu amor! ¡No quiero tus besos! ¡Deja de seguirme!

Dafne era veloz, pero Apolo era más rápido. Se pegó a ella de tal manera que cuando alargó el brazo pudo sentir el roce de su cabello en las yemas de los dedos.

—¡No tengas miedo! ¡No te haré daño! ¿Cómo podría hacértelo, con lo mucho que te amo?

Y cuanto más corría Dafne, más ansiaba Apolo poder alcanzarla.

Al cabo de un rato, Dafne llegó corriendo hasta la orilla del río.

—¡Oh, padre río! ¡Ayúdame, por favor! ¡Apolo me ha agarrado del pelo! ¡Sálvame! ¡Sálvame de él!

Cuando el río vio lo asustada que estaba, se apiadó de ella.

—¡Te tengo! —exclamó Apolo, triunfante, mientras la agarraba con los dos brazos.

Pero, de pronto, sus brazos quedaron cubiertos de astillas. Dafne se había detenido tan en seco que Apolo se hizo sangre en la nariz y se magulló las canillas contra un trozo de corteza. Y es que los pies marrones de Dafne se habían hundido en el suelo y habían echado raíces; sus brazos se habían convertido en ramas, y sus lágrimas, en hojas caídas. El río la había transformado en un laurel, y allí permaneció inmóvil, estremeciéndose, pero solo a causa de la brisa.

—¡Te quería tanto! —exclamó Apolo—. Pero si no puedo tenerte como mujer, te tendré tal y como eres ahora. De ahora en adelante, declaro que el laurel es un árbol sagrado para mí, el dios Apolo. Que todo héroe victorioso que regrese de la guerra, que todo rey y emperador sean coronados con una corona de hojas de laurel, en honor al primer amor de Apolo.

Después se sacudió las hojas del cabello y salió en busca de una mujer más accesible, una que le sonriera en lugar de marcharse corriendo.

Teseo y el Minotauro

EN EL PASADO, HABÍA MUCHOS REYES EN EL MUNDO, PORQUE CADA CIU-dad y cada isla se consideraba como un reino. Pero había un rey y una isla que inspiraban temor entre todos los demás. El rey Minos de Creta tenía tan aterrorizados a sus vecinos que todos los años le pagaban un tributo para que los dejara en paz. Y es que el rey Minos había construido un palacio con un laberinto en el sótano. Y es que el rey Minos guardaba un mons-truo conocido como el Minotauro en ese famoso laberinto y lo alimentaba con carne humana.

—¿Por qué mandamos un tributo a Creta todos los años? —le preguntó el príncipe Teseo a su padre, el rey de Atenas.

—Para evitar que el rey Minos hunda nuestros barcos o nos declare la guerra —respondió el rey Egeo, pese a que no le gustaba hablar de ello.

—¿Y en qué consiste ese tributo?

—En siete hombres y siete mujeres —respondió el rey.

—¿Para ser esclavos?

—No, esclavos, no —dijo el rey, con reticencia—. Para alimentar al Minotauro.

—¡Eso es repulsivo! ¡Se acabó! —exclamó Teseo—. Este año, *yo seré una de esas catorce personas,* ¡y mataré al Minotauro!

Por más que lo intentó, el rey no consiguió quitarle esa idea de la cabeza. Cuando zarpó el barco con el tributo, el viejo rey exclamó desde el muelle:

—¡Buena suerte, hijo mío! Montaré guardia todos los días desde lo alto del acantilado. Si tienes éxito, alza una vela blanca. Si fracasas, alza esta de color negro.

—¡Triunfaré! —exclamó Teseo.

El rey Minos se rio al ver a los prisioneros que llegaban desde Atenas.

—¿Quién será el primero en entrar en la guarida del Minotauro? —inquirió.

—Iré yo —dijo Teseo, dando un paso al frente—. ¡Yo, Teseo, príncipe de Atenas, reclamo ese honor!

—Qué joven tan arrogante —replicó Minos—. No aguantarás ni dos minutos con mi Minotauro. ¡Guardias! ¡Meted al príncipe en el laberinto!

Ariadna, la hija pequeña del rey, estaba sentada detrás del trono, escuchando. Se sintió avergonzada por la crueldad de su padre, y le horrorizó comprobar cómo alimentaba a la horrible bestia del sótano. Y se sintió aún más desdichada cuando vio que se llevaban al guapo y valiente Teseo para alimentar al monstruo.

Teseo descendió en medio de la oscuridad, pero se detuvo, sin saber qué camino tomar. Los guardias se marcharon.

—¡Príncipe Teseo! —Era Ariadna—. Toma. Coge esto. —Le lanzó un rollo de cuerda—. Aunque consigas matar al Minotauro, jamás lograrás encontrar el camino de regreso a la entrada, salvo que uses esta cuerda.

—¡Excelente! —exclamó Teseo—. ¡No me importaría casarme con una chica tan lista como tú!

Entonces ató un extremo a la entrada y reanudó la marcha, desenrollando la cuerda por el camino, olvidándose de todo menos del Minotauro.

Y tampoco se olvidó de Ariadna.

Teseo avanzó a tientas en la oscuridad. Era cierto: sin la cuerda, no habría tardado en perderse sin remedio en aquel laberinto de pasadizos sinuosos. De pronto, sus dedos rozaron una mata de pelo áspero y cálido, después la curvatura huesuda de un cuerno. El Minotauro rugió junto a su oído y derribó a Teseo de un empujón. Lo pisoteó con sus pezuñas afiladas. Le propinó un golpe que le obligó a soltar la cuerda. Pelearon completamente a oscuras. El

monstruo, mitad hombre, mitad toro, le estrujó entre sus brazos peludos y le azotó con su cola. Pero Teseo le agarró por los cuernos y los giró primero hacia un lado, después hacia el otro. Le pateó, le embistió, forcejeó con él, y finalmente la bestia profirió un balbuceo y cayó muerta.

Presa del pánico, el príncipe se puso a buscar a tientas el rollo de cuerda. ¡Aquí! No, eso era la oreja del Minotauro. ¡Aquí! ¡Sí! Ya solo le quedaba enrollarla y volver sobre sus pasos.

Ariadna le estaba esperando junto a la puerta del laberinto.

—¡Estás vivo! ¡Has escapado! —exclamó, después le agarró de la mano y se lo llevó inmediatamente de allí.

Liberaron a los otros trece prisioneros y después se dirigieron al puerto a toda prisa.

—¡Tienes que llevarme contigo, o mi padre me matará a mí también! —exclamó la princesa.

—¡Por supuesto! ¡Sube a bordo! —dijo Teseo, mientras izaba la vieja vela negra con un par de tirones de sus fuertes brazos. El viento impulsó la vela, y salieron a mar abierto antes de que alguien se hubiera dado cuenta de su huida.

Teseo se sentó en la cubierta al atardecer y se puso a pensar en lo que había hecho. Se sentía orgulloso. Su padre también estaría orgulloso. «Tengo que cambiar esta vela por una blanca», pensó.

En ese momento llegó Ariadna, se sentó a sus pies y se quedó mirándole.

—¡Qué alegría! —exclamó—. ¡Me he librado de mi malvado padre y voy a casarme con un valeroso príncipe!

—¿Casarte? —dijo Teseo, que empezó a ponerse pálido.

De pronto comprendió que, como Ariadna le había salvado la vida, ¡ahora esperaba casarse con él! Se quedó contemplando su rostro. Tenía la nariz muy grande, y las cejas muy pobladas.

—Sí... —murmuró Teseo, abatido—. Menuda alegría.

De camino a casa, el barco se detuvo en una isla para abastecerse. Teseo envió a Ariadna a tierra para que comprara pan y vino. Mientras estaba fuera, izó las velas y zarpó a toda prisa, suspirando de alivio.

«Cuando me case —pensó— será con una reina muy bella o con una diosa».

Tenía tanta prisa por largarse de allí, que se olvidó de cambiar la vela negra por una blanca.

El rey Egeo, que se asomaba día tras día al acantilado que había a los pies de Atenas, divisó el barco a lo lejos. Vio la vela negra impulsada por el viento. En ese momento, creyó que su hijo Teseo había sido asesinado y devorado por el Minotauro. El rey se arrojó al agua desde lo alto de aquel acantilado blanco.

Y desde ese momento, esas aguas reciben el nombre de Mar Egeo, en memoria del padre de Teseo, el héroe desagradecido.

Jasón y el vellocino de oro

ES UNA LÁSTIMA, PERO A VECES LOS HERMANOS NO SE SOPORTAN. PELIAS odiaba a su hermano mayor, Esón, porque era el rey de Tebas.

—Yo quiero ser rey —dijo Pelias, así que le arrebató el trono a su hermano y lo encarceló.

Pero Esón tenía un hijo, y al cabo de muchos años, ese joven regresó para luchar por los derechos de su padre. Se llamaba Jasón.

Cuando Pelias se enteró de la llegada de Jasón, no envió a ningún asesino a matarlo. En vez de eso, le planteó un desafío.

—Te entregaré la corona sin rechistar, si demuestras que eres digno de arrebatármela. Te reto a que vayas a encontrar el famoso vellocino de oro. Si consigues traérmelo, la corona será devuelta a tu padre.

—¡Acepto! ¡Lo haré! —exclamó Jasón.

Entonces, Pelias esbozó una sonrisa malévola. Sabía que muchos habían intentado hacerse con el vellocino de oro del rey Aetes, y que ninguno de ellos había vivido para contarlo.

La primera tarea de Jasón consistió en localizar al mejor constructor naval del reino.

—Constrúyeme el mejor barco que jamás haya surcado los mares. ¡Voy a partir en busca del vellocino de oro!

—¡Pero dicen que el vellocino está custodiado por un dragón que nunca duerme! —susurró el constructor.

—¡Entonces, haré que ese dragón duerma para siempre! —exclamó Jasón.

Llamó a su barco Argo, que significa veloz, luego reunió una tripulación compuesta por todos los héroes del mundo y los nombró sus Argonautas. Pero cuando subió a bordo, ni siquiera sabía por dónde empezar a buscar el vellocino de oro. Apoyando la mano sobre el mascarón de madera, que estaba tallado sobre un roble mágico, pudo percibir un pálpito, como el latido de un corazón. De pronto, el mascarón se giró, los ojos tallados se abrieron y la boca tallada dijo:

—El rey Fineo te dirá dónde está. ¡Pregúntale al pobre Fineo!

Fineo era viejo y ciego. Tenía cofres llenos de ropa y despensas llenas de comida. Pero cuando Jasón y los Argonautas fueron a visitarle, estaba flaquísimo y llevaba la ropa hecha jirones.

Los sirvientes trajeron una comida deliciosa. Pero en cuanto terminaron de servir la mesa, entró por la ventana una bandada de pájaros malignos, batiendo sus alas y haciendo chasquear sus garras. Tenían cabeza de mujer, con largas melenas, y bocas hambrientas, y les robaron la cena a los Argonautas en sus mismas narices, después de arañarles la cara.

—¡Las harpías! ¡Escondeos debajo de las mesas! —gritó el rey Fineo—. Allí estaréis a salvo.

Pero Jasón desenvainó su espada y exclamó:

—¡Levantaos, Argonautas, y pelead!

Jasón y su tripulación se enfrentaron a las harpías, hasta que comenzaron a caer plumas y cabellos como si fueran copos de nieve. Las criaturas golpearon a Jasón con sus gruesas alas,

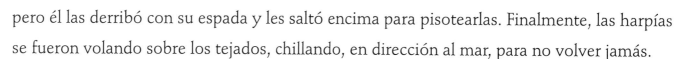

pero él las derribó con su espada y les saltó encima para pisotearlas. Finalmente, las harpías se fueron volando sobre los tejados, chillando, en dirección al mar, para no volver jamás.

Jasón sirvió comida en un plato y lo dejó delante del rey.

—Come, amigo mío, y luego dinos cómo encontrar el vellocino de oro.

—¡No vayas! —le rogó Fineo—. El vellocino de oro se encuentra en el reino de la Cólquide, más allá de las Rocas Cianeas.

Las rocas ofrecían un espectáculo aterrador. Eran dos muros de piedra, a ambos lados de un estrecho pasaje, que chocaban entre sí como si fueran platillos. Se provocaba una llamarada y llovían chispas, cuando las dos inmensas rocas se zambullían en el mar embravecido.

—¡Nos harán polvo! —exclamaron los Argonautas.

—¡No! ¡Mirad a las gaviotas! —gritó Jasón—. Ellas saben cuándo es seguro cruzar. ¡Coged los remos y seguidlas!

Y entre un choque de rocas y el siguiente, el Argo pasó a toda velocidad, tan deprisa como las veloces gaviotas. Poco después llegaron a la Cólquide, el reino del vellocino de oro.

Al día siguiente, Jasón se presentó ante el rey de la isla y le contó su historia.

—Debo llevarme el vellocino de oro. Es mi destino —dijo.

El rey sonrió con malicia.

—Sí, claro que dejaré que te lleves mi vellocino de oro... pero puede que los soldados que lo custodian intenten detenerte. ¡Ja, ja!

De sus hondos bolsillos morados sacó varios puñados de dientes blancos y afilados. ¡Eran dientes de dragón! Los lanzó sobre los Argonautas. Cada vez que uno de los dientes tocaba el suelo, aparecía un guerrero fuertemente armado. Al poco tiempo, los soldados superaban en número a Jasón y a sus hombres en una proporción de cien a uno.

—Hemos combatido a las harpías, ¿no es cierto? —exclamó Jasón, dirigiéndose a sus hombres—. ¡Seguro que podremos derrotar un puñado de dientes!

—¡Matadlos! —bramó el rey, pero de uno en uno, de dos en dos y de tres en tres, sus guerreros surgidos de dientes de dragón fueron cayendo a manos de los valientes Argonautas, hasta que nada se interpuso entre ellos y el vellocino de oro.

Salvo el dragón.

El vellocino estaba colgado en un jardín precioso. Junto a la verja del jardín, había una mujer, que era la hija del rey.

—Te he visto combatir contra los dientes de dragón —le dijo la princesa Medea a Jasón—. Eres un auténtico héroe, se ve a la legua. Pero necesitarás mi magia si quieres conseguir el vellocino de oro. Cásate conmigo y te ayudaré.

—Eres tan hermosa que estaría encantado de casarme contigo —dijo Jasón—. Pero debo conseguir el premio por mis propios medios, o de lo contrario estaría haciendo trampas.

Así que avanzó a través de bosquecillos floridos, cruzó riachuelos y atravesó arbustos repletos de flores. Pero cada cierto tiempo se topaba con una pila de huesos. Otros héroes habían entrado al jardín antes que él... y se habían topado con el dragón.

Finalmente, Jasón encontró lo que había venido a buscar. El vellocino de oro estaba colgado de la rama de un árbol. Era tan grueso y tan pesado como una alfombra, y estaba cubierto por unos centelleantes rizos dorados, más suaves de lo que se pueda imaginar. Enroscado alrededor del árbol, se encontraba el dragón que lo custodiaba. El monstruo no tenía párpados, no tenía nombre y no tenía clemencia. Miró a Jasón con los ojos enrojecidos, desgastados por la luz del sol y de la luna. Después se abalanzó sobre él, abriendo sus fauces.

Jasón desenvainó su espada, pero el arma se hizo añicos, como si estuviera hecha de cristal, al impactar contra las escamas del dragón. Unos dientes le desgarraron la ropa y una bocanada ardiente le chamuscó el pelo. Jasón trepó al árbol para escapar. Y cuando el dragón abrió la boca para atraparlo, Jasón le clavó su espada rota. La bestia profirió un rugido espantoso. Jasón quedó envuelto en una nube de humo. Lo apuñaló una y otra vez, hasta que el humo negro cubrió todo el jardín del rey.

Los Argonautas, que contemplaron la escena desde la orilla, vieron el humo que se acumulaba en el cielo.

—¿Dónde estará Jasón? ¿Por qué no ha vuelto aún? —exclamaron.

Entonces, la luz del sol se reflejó sobre un objeto dorado. Era el vellocino de una oveja. Jasón se había envuelto en él, a modo de capa, mientras bajaba corriendo hasta la playa. A su lado corría una mujer tan hermosa como el vellocino.

—¡Todos a bordo! —gritó Jasón—. ¡Le he robado dos cosas al rey: su vellocino y su hija!

Así que Jasón y la princesa Medea regresaron a Tebas, para asombro y enojo de Pelias. El padre de Jasón, Esón, fue liberado de la cárcel, pero se negó a volver a llevar la corona de Tebas.

—Estoy demasiado cansado para gobernar, hijo mío —dijo—. Tú debes ser rey en mi lugar.

Pero Medea le dijo en voz baja:

—Confía en mí, suegro, gracias a mi magia puedo hacer que vuelvas a ser joven y fuerte.

Así que le dio una poción que dejó a Esón profundamente dormido. Cuando despertó tres días después, tenía el cuerpo de un joven, la sabiduría de un anciano y la energía necesaria para gobernar Tebas.

Cuando el viejo y mezquino Pelias vio esa asombrosa transformación, le ofreció a Medea todo su dinero para que hiciera lo mismo por él.

—Daría cualquier cosa por volver a ser joven —dijo.

Así que Medea también le dio una poción, y Pelias durmió durante tres días. Tres meses. Tres años. De hecho, jamás volvió a despertar, porque Medea le dejó dormido para siempre.

Jasón y Medea se casaron y se fueron a vivir juntos, y aunque Jasón iba vestido con ropas humildes, su capa estaba revestida con un vellocino de oro.

ORFEO Y EURÍDICE

HABÍA UNA VEZ UN HOMBRE Y UNA MUJER QUE SE AMABAN TANTO QUE LO único que querían era estar juntos. Ella se llamaba Eurídice, y él, Orfeo.

Orfeo era músico. ¡Y menudo músico! Tocaba la lira y cantaba tales canciones que la hierba que pisaba se estremecía de placer. Los animales salvajes ronroneaban y meneaban la cola. Los árboles se mecían hacia él, inclinando las hojas como si fueran sus oídos.

Un día, una serpiente picó a Eurídice. La muchacha aulló de dolor y cayó de rodillas. Orfeo la tomó entre sus brazos.

—¡Eurídice! ¿Qué te ocurre? —exclamó.

Pero Eurídice no pudo responder. Estaba muerta. Orfeo se quedó sujetando su cuerpo, pero el alma de la muchacha se escurrió entre sus dedos y se hundió en el suelo seco y agrietado, de camino al Inframundo. Entonces Orfeo dejó de cantar y de tocar la lira.

—La vida no tiene sentido sin Eurídice —dijo—. Debo ir a buscarla.

Sus amigos se sobresaltaron, espantados, al oír su idea. Pero Orfeo los ignoró y emprendió su viaje a través de los valles, las fosas y los túneles del mundo, hasta que llegó a la orilla del río Estigia. Una vez allí, Orfeo exclamó:

—¡Barquero! ¡Barquero! Ven y llévame al otro lado, pues mi esposa ha venido al Inframundo antes de tiempo, y debo llevarla de vuelta a casa.

Se oyó el chapoteo de unos remos, y una barca negra emergió de entre la niebla.

—¿Has perdido el juicio, jovencito? ¡Nadie, salvo los muertos, puede cruzar este río y acceder al Inframundo! Aunque te llevara a la otra orilla, ¡no podrías sortear a Cerbero, el guardián de la puerta!

Pero el barquero vio tanta tristeza en el rostro de aquel joven que le permitió subir a bordo.

Mientras la barca navegaba por el río, se alzó una silueta oscura, y después se oyó un ladrido espantoso. Era Cerbero, el perro guardián de tres cabezas. Orfeo sacó su lira y comenzó a tocar. Interpretó una canción sin letra, y el barquero dejó de remar para escucharla. Los ladridos pasaron a ser unos gañidos, después unos gemidos. Cuando la barca llegó a la otra orilla, Orfeo bajó a tierra, sin parar de tocar.

A lo largo del Inframundo, las almas de los muertos se pararon a escuchar. Plutón, el rey de los muertos, también se quedó escuchando.

—¿Qué es ese ruido, esposa mía?

Su esposa, Perséfone, lo reconoció de inmediato.

—¡Debe de ser Orfeo, el músico! ¡Ay, si ha muerto y su espíritu nos pertenece, tendremos mejor música aquí que en la Tierra!

—¡Jamás! ¡Aquí la música está prohibida! —exclamó Plutón.

Y al ver a Orfeo, un hombre que seguía conservando su cuerpo terrenal, Platón pegó un brinco y, señalándole con furia, exclamó:

—¡Lamentarás haber osado bajar hasta aquí, jovencito!

Orfeo se limitó a cantar. Entonó una canción dedicada a la belleza de Eurídice. Al amor que se profesaban. A la maliciosa serpiente y a su insoportable soledad. Cuando terminó la canción, Plutón volvió a sentarse en su trono, con el rostro hundido entre las manos, mientras le corrían unas lágrimas por la barba.

—Cada vez que muere alguien, hay personas que quieren que vuelva a vivir —dijo Plutón—. Pero tú eres el único que ha conseguido ganarse mi favor. Eurídice podrá regresar a la Tierra.

Orfeo dio una palmada de alegría, y se oyeron los pasos de alguien que venía corriendo por un largo pasillo. Eran los pasos de Eurídice. Orfeo entornó los ojos para tratar de ver su hermoso rostro entre la penumbra.

—Pero... —dijo Plutón.

—¿Pero?

—Pero solo podrá regresar si consigues salir a la superficie sin girarte una sola vez a contemplar su rostro —añadió, soltando una carcajada desagradable.

Orfeo puso rumbo una vez más hacia el río Estigia, seguido por el susurro de la túnica de una mujer. Pero no miró atrás. Orfeo comenzó a tocar de nuevo. Una vez más, el inmenso Cerbero se regocijó y le dejó pasar, lamiéndole con sus tres lenguas. Orfeo siguió avanzando sin mirar atrás. Volvió a subir a la barca, y alguien subió tras él. El barquero llevó a dos pasajeros hasta la otra orilla.

¡Un último trecho cuesta arriba y quedarían libres del Inframundo! Entonces Orfeo podría coger en brazos a Eurídice, y besarla, y reírse del deprimente Reino de los Muertos.

—¡Ya falta poco! —le dijo a Eurídice.

Pero ¿por qué no respondió Eurídice? Puede que Plutón le hubiera engañado. Puede que quien le seguía fuera otra persona. O puede que Eurídice hubiera cambiado durante su estancia en el Inframundo, ¡y que ya no amara a su marido! Justo cuando aparecieron los primeros rayos de sol, Orfeo echó un vistazo rápido por encima del hombro... solo para asegurarse.

Y sí, era Eurídice. Eran sus ojos, su pelo, esa boca tan dulce que le llamaba por su nombre:

—¡Orfeo!

Entonces, Eurídice se hundió como un ahogado.

—¿Por qué, Orfeo?

La oscuridad la engulló por completo.

—¡Eurídice!

Su esposa había desaparecido. Orfeo había perdido a su amada por segunda vez.

Orfeo se quedó tan abatido que nunca pudo volver a tocar música alegre. Cuando tocaba la lira, las notas que brotaban de ella parecían lágrimas.

—Toca algo alegre, ¿quieres? —le exigía su público.

Pero Orfeo interpretaba la única música que podía.

—¡Te hemos dicho algo alegre!

Y al ver que no les hacía caso, le atacaron... y finalmente lo mataron.

Su alma se apresuró a abandonar su cuerpo, ansiosa por llegar al sombrío Inframundo.

—¡Dejadme bajar donde está Eurídice! —exclamó—. Ahora podré hacerlo, puesto que estoy muerto.

Pero los dioses respondieron:

—No descenderás al Inframundo, Orfeo. Tu música nos ha reportado tanto placer, que tu lira se convertirá en una constelación y penderá del cielo nocturno.

—Pero... —replicó Orfeo.

—Tú vivirás eternamente en ese lugar especial reservado a los favoritos de los dioses. Y Eurídice vivirá allí contigo.

Así que los dos espíritus flotaron cogidos de la mano hacia Los Campos de la Felicidad Eterna, para cantar y componer música juntos, durante toda la eternidad.

LA CARRERA DE ATALANTA

EN LA ISLA DE CHIPRE, EN UN PRIMOROSO JARDÍN CUIDADO POR VENUS, la diosa del amor, había un manzano. Tenía las ramas y las hojas amarillas, y sus manzanas eran doradas y relucientes.

En la época en que dicho árbol estaba en fruto, vivía allí una hermosa chica llamada Atalanta. A los hombres les bastaba con mirarla para enamorarse de ella, pero Atalanta había jurado no casarse nunca. Los jóvenes le insistían mucho para que cambiara de idea, y acabaron por hartarla. Así que Atalanta anunció:

—Solo me casaré con el hombre que consiga vencerme en una carrera. Pero aquel que lo intente y fracase, tendrá que estar dispuesto a morir.

A pesar del riesgo, muchos jóvenes quisieron competir con Atalanta para conseguir su mano. Pero ella corría tan rápido como el viento. Muchos corredores lo intentaron y todos murieron, pues siempre quedaban segundos.

Un joven llamado Hipómenes había oído hablar de las carreras de Atalanta. Pensó que había que ser tonto para jugarse la vida en un reto tan absurdo. Pero cuando Atalanta pasó un día a toda velocidad junto a él, convertida en una silueta borrosa, tan veloz como un ave en pleno vuelo, Hipómenes supo que debía competir con ella.

Cuando Atalanta vio a Hipómenes, no quiso que le desafiara. Era demasiado joven y guapo como para morir. Una parte de ella quería que el joven ganase... ¡pero no! Atalanta había jurado no casarse nunca.

Se congregó una multitud, impaciente por presenciar otra carrera, pero Atalanta los tuvo esperando mientras reflexionaba sobre el posible resultado. Entretanto, Hipómenes rezó sus oraciones:

—¡Oh, Venus! —oró Hipómenes—. Has hecho que me enamore perdidamente de esta mujer, ¡así que ayúdame a derrotarla!

Venus le oyó. Ella también pensaba que Hipómenes era demasiado joven y guapo como para morir, así que cogió del árbol de su jardín tres manzanas doradas y se las entregó. Hipómenes ya estaba listo para la carrera.

━━

—¡Preparados, listos, ya! —exclamó el juez de salida.

Hipómenes salió disparado, jamás había corrido tan deprisa. Atalanta también echó a correr, veloz como un parpadeo. No tardó en llevar la delantera.

Así que Hipómenes arrojó una manzana dorada, que pasó volando sobre la cabeza de Atalanta. La luz se reflejó en ella. Atalanta corrió hasta el lugar donde había caído y la recogió.

Hipómenes pasó corriendo a su lado. Pero Atalanta le volvió a alcanzar y le adelantó, con el cabello ondeando como una bandera. Hipómenes era más veloz que cualquiera de los demás pretendientes, pero no lo suficiente.

Así que Hipómenes arrojó otra manzana. De nuevo, Atalanta se detuvo a recogerla e Hipómenes volvió a ponerse en cabeza. Pero Atalanta era tan veloz que podía detenerse a admirar y recoger esas brillantes manzanas, y aun así alcanzar a su competidor.

Hipómenes corrió más deprisa de lo que jamás ha corrido ningún hombre, pero no fue suficiente. Así que arrojó la tercera manzana. ¿Atalanta caería en el mismo truco por tercera vez? Atalanta vio la manzana, redujo el paso, se quedó mirando las dos manzanas que llevaba en las manos... y se detuvo a recoger la tercera. La multitud vitoreó a Hipómenes cuando pasó corriendo junto a ella, jadeando, y atravesó la línea de meta. ¡Había ganado una esposa!

Y para ser una corredora experta, que acababa de perder una carrera por primera vez, Atalanta pareció extremadamente feliz.

El caballo de madera

HABÍA UNA VEZ UNA MUJER QUE NACIÓ DE UN HUEVO, COMO LOS PÁJA-ros. Pero era más hermosa que cualquier ave que jamás haya levantado el vuelo. Se llamaba Helena, y no había príncipe, duque o rey que no la deseara. Pero Helena se casó con el viejo rey Menelao, y se fue a vivir a su palacio situado en la costa del reino.

¡Ojalá eso hubiera servido para poner fin a los anhelos de los demás príncipes, duques y reyes! Pero al joven Paris, príncipe de Troya, Helena le resultaba demasiado hermosa como para olvidarla, y quería que fuera suya a toda costa. Así que raptó a Helena y huyó con ella a Troya, conocida como «la Ciudad de los Caballos».

El rey Menelao se vio consumido por la pena, pero su dolor se acabó convirtiendo en ira, y, tras reunir un ejército de cincuenta mil hombres, navegó hasta Troya para recuperar a su esposa. Llevó consigo a los mejores héroes del mundo: el valiente Aquiles, el astuto Ulises y el orgulloso Áyax. Mil navíos tomaron tierra frente a los muros blancos de Troya.

Helena se asomó desde la ventana de sus aposentos y vio que se aproximaba la flota.

«¿Qué ocurrirá ahora? —se preguntó—. ¿Quién se quedará conmigo? ¿Qué bando quiero que gane?».

Durante semanas, meses y años, los griegos sitiaron la ciudad. Los grandes héroes de Troya se batieron en un combate singular con los grandes héroes de Grecia, espada contra espada, carro contra carro.

Pero la victoria no se decantó por ningún bando. Después de diez años, el valiente Aquiles había muerto. El orgulloso Áyax yacía en una tumba cubierta de flores. Paris también estaba muerto, y sus labios demasiado fríos como para besar a nadie. Habían muerto muchos hombres buenos. Y aquellos que sobrevivieron se sentían más tristes, más abatidos, más viejos. Solo Helena seguía siendo tan hermosa como siempre; una valiosa joya, encerrada dentro de Troya.

Finalmente, el astuto Ulises anunció:

—Creo saber cómo podemos entrar en la ciudad de Troya.

Los griegos escucharon su plan con atención.

—¡Jamás funcionará! —dijeron algunos.

—¡Es demasiado peligroso! —dijeron otros.

Pero el viejo rey Menelao asintió con la cabeza y dijo:

—Hazlo, Ulises.

Durante días, los troyanos, protegidos detrás de sus muros, no oyeron más que el trajín de numerosos martillos y serruchos.

Entonces, una mañana, se asomaron desde sus altos muros y vieron... un caballo. Un inmenso caballo de madera.

También vieron que los griegos habían levantado el campamento, habían cargado sus barcos y se habían marchado.

—¡Se han ido! ¡Se han ido! —exclamaron los troyanos—. ¡Hemos ganado la guerra! Pero... ¿qué es eso que han dejado atrás? ¿Un caballo?

Salieron cautelosamente al exterior para verlo.

—¡Es un tributo a Troya! —dijeron algunos—. ¡Un tributo a la Ciudad de los Caballos!

—Es una trampa —dijeron otros.

Un anciano arrojó una lanza contra el caballo de madera, y se quedó clavada con un golpe seco.

—¡Tened cuidado con los griegos, incluso cuando quieren regalaros algo! —advirtió.

Pero los habitantes de Troya no le hicieron caso.

—¡No seas tan agorero! ¡La guerra ha terminado! Los griegos se han ido, ¿no es cierto?

Comenzaron a celebrarlo, bailaron y bebieron vino. Y metieron el inmenso caballo de madera, remolcándolo con unas cuerdas, a través de las puertas de Troya.

Entretanto, dentro del vientre hueco del caballo, había una docena de soldados griegos escondidos, inmóviles como estatuas. Había tan poco espacio en su escondite que estaban apiñados entre sí, rodilla con rodilla, codo con codo.

—¡Tirad! —exclamaron los troyanos, mientras arrastraban el caballo gigante hacia la plaza de la ciudad.

El ajetreado trayecto hizo que los hombres que iban escondidos dentro se chocaran entre sí, pero contuvieron el aliento y empuñaron con fuerza sus espadas. ¡Un simple estornudo podría delatarlos!

Helena se asomó por la ventana y vio el caballo, decorado ahora con flores y lazos. Ella era griega, así que sabía cómo pensaban sus compatriotas, y dijo para sus adentros: «Esto es una trampa». Se apartó de la ventana, se llevó un dedo a los labios y se quedó sentada, esperando.

Los felices troyanos bailaron todo el día alrededor de las patas del caballo de madera. Finalmente, agotados de tanto festejo, se fueron tambaleándose a dormir, y la ciudad quedó en silencio.

Entonces se abrió una puerta secreta en el estómago del caballo. Por ella cayó una cuerda anudada. Por la cuerda descendieron los doce griegos.

Entretanto, la flota entera de barcos griegos regresó a la orilla. Simplemente se habían escondido más allá del horizonte, a la espera. Mientras subían por la playa, se quedaron contemplando entre la penumbra de la madrugada las altas y aparatosas puertas de la ciudad, ansiosos por descubrir si su plan había funcionado.

¡Y sí! Las puertas se abrieron ante ellos, y los griegos las atravesaron corriendo, empuñando sus espadas. La guerra, que había durado diez años, estaba llegando a su fin. Prendieron fuego a los altos edificios de Troya. Mataron a los jóvenes troyanos. Finalmente, sacaron

a Helena de la ciudad y se marcharon navegando. Por la mañana, no quedaba nada, salvo el eco de los sollozos al otro lado de los muros derruidos y calcinados de Troya.

Helena volvió a vivir en el palacio del rey Menelao, situado en la costa del reino. Si había llegado a amar a Paris, jamás lo confesó, y tampoco volvió a pronunciar su nombre. Menelao y ella vivieron felices para siempre.

ULISES

L A GUERRA HABÍA TERMINADO. AL FIN, DESPUÉS DE DIEZ LARGOS AÑOS, los soldados que habían combatido pudieron volver a casa. Entre ellos estaba Ulises, rey de Ítaca. Sus hombres y él se echaron a la mar a bordo de su nave, dejando atrás los campos de batalla.

Había poco espacio a bordo para llevar comida y agua, a excepción de unas inmensas tinajas de vino situadas en la proa, robadas al enemigo vencido. Por desgracia, cuando lo probaron, los miembros de la tripulación se quedaron dormidos sobre sus remos. «Es un poco fuerte este vino», pensó Ulises, mientras los oía roncar. Después les sorprendió una tormenta cuyos vientos los desviaron de su rumbo hasta una isla perdida. Ulises señaló hacia un acantilado y dijo:

—Seguro que esas cuevas están habitadas. Subamos para pedir que nos orienten y que nos den algo de comer. Dejad vuestras espadas aquí y coged una tinaja de vino para demostrar que venimos con buenas intenciones.

La primera cueva a la que llegaron era enorme y olía a queso, pero no había nadie dentro. En un rincón, había una hoguera encendida. Los soldados se sentaron a esperar. Al rato, se oyó el traqueteo de unas pezuñas por el sendero que llegaba desde el acantilado, a medida que el pastor de la isla conducía su rebaño desde los campos hasta las cuevas. ¡Y menudas ovejas resultaron ser! Eran tan grandes como vacas, con mechones de lana que parecían nieve acumulada tras una ventisca.

Pero eran diminutas al lado del pastor, que era tan grande como el caballo de Troya, con una melena que parecía una maraña de enredaderas. Tenía un único ojo en mitad de la frente.

Hizo rodar un pedrusco inmenso sobre la entrada de la cueva, después se dio la vuelta y vio a sus visitantes.

—¡La cena! —bramó, entusiasmado. Y tras coger a un hombre con cada pezuña, los engulló y escupió sus cinturones y sus sandalias.

—¡Hemos venido en son de paz! ¿Cómo te atreves a comerte a mis hombres? —exclamó Ulises, más furioso que asustado.

—Soy el cíclope Polifemo —dijo el gigante de un solo ojo—. Me como lo que me da la gana. ¿Quién eres tú?

—Soy U... Me llaman Nadie, ¡y exijo que nos dejes marchar! ¿Por qué se me ocurriría traerle un regalo a alguien como tú?

—¿Un regalo? ¿Dónde? ¡Dámelo! ¡Si me das un regalo, no os comeré!

Ulises señaló hacia la tinaja de vino.

Polifemo le quitó la tapa de un mordisco y se bebió el vino de un trago. Después chasqueó los labios.

—Está bueno, Nadie. Muy bueno.

—Entonces, ¿apartarás la piedra y nos dejarás marchar?

—Oh, yo no contaría con *esso* —repuso el cíclope con la voz pastosa, mientras se tambaleaba—. Lo que quería decir *ess* que no *oss* comeré... *hassta* mañana.

Y entre carcajadas de borracho, el cíclope cayó al suelo de espaldas, dormido como un tronco.

Doce hombres se pusieron a empujar la roca, pero no consiguieron moverla.

—¡Estamos acabados, capitán! —exclamaron.

Pero Ulises estaba atareado con la vara del pastor, afilando la punta con su cuchillo. La tarea le llevó toda la noche.

Cuando faltaba poco para el amanecer, los marineros calentaron la punta de la vara en el fuego, la cargaron sobre sus hombros... ¡Y embistieron contra el monstruo! La dejaron clavada en el horrible ojo del cíclope.

Los gritos de Polifemo alertaron a sus vecinos, que llegaron corriendo.

—¿Te has hecho daño?

—¡Nadie! ¡Nadie me ha hecho daño! —respondió el gigante, aullando de dolor—. ¡Nadie!

—Bien, bien —dijeron los gigantes, mientras regresaban a sus cuevas—. Habrá sido una pesadilla.

Polifemo buscó a tientas a sus enemigos. Por la mañana, movió la roca a un lado, para que sus ovejas pudieran salir a pastar. Pero él se sentó junto a la entrada, con las manos extendidas para apresar a cualquier griego que intentara escapar.

—¡Vuestras artimañas no os salvarán! ¡Ninguno de vosotros saldrá de aquí con vida!

—¡Rápido! —susurró Ulises, dirigiéndose a sus hombres—. Aferraos a la lana de las ovejas, ¡vamos!

Polifemo acarició cada oveja conforme pasaban... pero no reparó en los hombres que iban sujetos por debajo.

Así que el capitán y la tripulación escaparon. Pero Ulises gritó cuando su barco pasó velozmente ante el acantilado:

—¡Escúchame bien, Polifemo! ¡Fui yo, el valeroso Ulises, el que te dejó ciego! ¡Recuerda ese nombre!

El cíclope cogió varias rocas y las arrojó, con la esperanza de hundir la pequeña embarcación.

—¿Recordarlo? ¡Escúchame tú a mí, Ulises! Soy Polifemo, hijo de Poseidón, el dios del mar. ¡Invocaré a mi padre para que te destruya!

En las profundidades del océano, Poseidón oyó la voz de su hijo, y sus furiosas tormentas desviaron la nave de Ulises de su rumbo, hasta una hermosa isla cubierta de flores.

Había una casa en lo alto de la playa. La tripulación de la nave corrió hacia ella, y una mujer les invitó a pasar. Pero, por alguna razón, Ulises se quedó atrás. Solo después de que se cerrase la puerta, miró por una ventana.

La mujer sirvió a cada marinero pan, miel y vino. Llevaba una varita dorada y, mientras rodeaba la mesa, la fue restregando sobre sus cabezas.

Uno por uno, los marineros comenzaron a transformarse. El rostro se les cubrió de pelo y les encogió la nariz. Los cuencos que sostenían se cayeron al suelo, ya que sus manos se estaban convirtiendo en unas pezuñas. Uno por uno se bajaron de la silla... porque los cerdos no pueden sentarse fácilmente a la mesa.

¡Cerdos! ¡La hechicera Circe los había convertido en cerdos! Después los sacó por la puerta de atrás y los condujo a la pocilga, donde había muchos otros cerdos gimoteando con tristeza.

Afuera, Ulises buscó entre las flores que tenía a sus pies. Se agachó a recoger una florecilla blanca y diminuta, se la metió en la boca y después entró sin temor en la casa.

—¡Adelante! ¡Me alegro mucho de verte! —La voz de Circe era tan dulce como su rostro.

Le sirvió pan, miel y vino. Ulises comió el pan y la miel, y bebió el vino. Entonces, Circe se le acercó por detrás y le golpeó con su varita dorada.

—¡Y ahora, ve a la pocilga con los demás cerdos!

—¿Sabías que esta flor está hecha a prueba de pociones mágicas? —dijo Ulises, mientras se sacaba tranquilamente una maraña de pétalos de la boca.

Circe le golpeó otra vez, pero comprendió que sus hechizos eran inútiles.

—¡Ulises! —exclamó Circe. Conocía su nombre, algo que sobresaltó a nuestro héroe—. Un adivino predijo que un día me engañaría un tal Ulises, rey de Ítaca. ¡Tú eres mi destino! Mi magia y mi corazón están a tu servicio.

—En ese caso, vuelve a convertir a esos cerdos en hombres —le ordenó Ulises.

Circe salió corriendo y dio unos golpecitos a cada cerdo en una oreja con su varita mágica, y enseguida el patio se llenó de hombres a gatas que tiritaban.

—¿Y ahora me amarás? —suplicó Circe.

—Mi esposa, Penélope, me está esperando en Ítaca —dijo Ulises.

Pero iba a permanecer en la isla de Circe durante un año entero.

Un día, se acercó a Circe y le dijo que tenía que marcharse a casa.

—¡Es un viaje muy peligroso! —gimió la hechicera—. Tendrás que enfrentarte a los cánticos de esas sirenas horrendas, y después al remolino Caribdis... Pero si no queda más remedio que te vayas, escúchame con atención y haz exactamente lo que yo te diga.

Circe les explicó a Ulises y a sus hombres que debían taparse los oídos con cera para no escuchar el canto de las sirenas. Pero Ulises tenía curiosidad por oír esos famosos cánticos. Después de echarse a la mar, les pidió a sus hombres que le ataran al mástil. Ulises no se

tapó los oídos. Cuando apretaron el último nudo de la cuerda, una especie de melodía llegó flotando a través del océano.

—Circe mintió. Las sirenas no son horrendas en absoluto —dijo Ulises cuando apareció una isla ante sus ojos—. ¡Son preciosas! ¡Desatadme y dejad que vaya nadando hasta allí, para hablar con ellas!

Pero sus hombres no pudieron oírle. El canto de las sirenas se volvió más dulce: era tan encantador que Ulises sintió como si le fuera a estallar el corazón.

—¡Desatadme! —gritó—. Seguid vosotros, si queréis, pero yo me quedaré. Estas mujeres me necesitan. ¡Escuchad! ¡Me están llamando! ¡Soltadme!

Pero sus hombres seguían sin poder oírle, y a medida que el barco se alejaba de la isla, el canto se volvió más débil.

—¿Qué visteis vosotros? —preguntó Ulises.

—Buitres con cabeza de mujer, posados encima de una roca —respondieron sus amigos—. Y los huesos de un millar de marineros muertos.

Entonces Ulises comprendió que Circe le había dicho la verdad.

También sabía que le aguardaba un peligro aún peor: Caribdis.

Caribdis no era un simple remolino. Era una inmensa boca situada sobre la superficie del océano, a la sombra de un acantilado. Dos veces al día, succionaba todo lo que estaba flotando a diez kilómetros a la redonda. Dos veces al día, escupía los restos. Pero gracias al consejo de Circe, los hombres de Ítaca pasaron velozmente junto a Caribdis en el momento más seguro del día y lograron salir ilesos.

Pero la venganza del dios marino Poseidón no había terminado. Una violenta tormenta hizo retroceder la nave hacia la espantosa boca abierta. Los soldados apenas tuvieron tiempo de despedirse entre ellos, antes de que el barco se deslizara sobre el borde cristalino. Durante un instante, la embarcación quedó flotando en el aire. Ulises se dirigió corriendo hacia la popa, pegó un salto y se agarró de un pequeño arbusto que crecía en el acantilado. El barco cayó junto con sus hombres hacia el interior del furioso remolino.

Durante cuatro dolorosas horas, Ulises se mantuvo aferrado a ese arbusto, empapado por la espuma de las olas y ensordecido por las rugientes aguas. Después, la marea inundó Caribdis y el mar se apaciguó. Algunos restos de su barco salieron flotando a la superficie. Ulises se dejó caer, se agarró a una plancha de madera y se dejó llevar a la deriva.

Durante nueve años más, Ulises tuvo que surcar los océanos de isla en isla, hasta que al fin encontró ayuda y un barco que le llevara hasta su hogar, en Ítaca.

Entretanto, Penélope aguardó pacientemente el regreso de su esposo. Todos los días se asomaba a la ventana, pero Ulises no aparecía.

Otros sí lo hicieron. Príncipes jóvenes, holgazanes y codiciosos, que acudieron a cortejar a Penélope.

—Ulises debió de ahogarse cuando volvía de la guerra —le dijeron—. Cásate con uno de nosotros para que ocupe su lugar.

—Esperaré un poco más —repuso Penélope, educadamente.

Pero a medida que pasaron los años, los visitantes comenzaron a perder la paciencia.

—Elige a un pretendiente, o lo haremos nosotros por ti. Ítaca necesita un rey.

—Está bien —dijo Penélope al fin—. Permitidme tejer un velo nupcial. Cuando esté terminado, elegiré un nuevo marido.

Pero, aunque Penélope se pasaba todo el día trabajando en su telar, el velo no parecía acabarse nunca. Pasaron los meses y apenas había aumentado. ¿Y por qué? Pues porque cada noche, mientras sus indeseables pretendientes estaban durmiendo, Penélope se levantaba de la cama y deshacía todo lo que había tejido.

Hasta que una noche la descubrieron. Uno de los pretendientes la encontró junto al telar, descosiendo los hilos a la luz de una vela.

—¡Se acabó! —bramó—. Mañana elegirás un esposo, te guste o no.

El barco que partió rumbo a Ítaca, con Ulises a bordo, izó las velas mientras Poseidón dormía. El dios del mar se enfureció muchísimo cuando se despertó y vio que Ulises, su odiado enemigo, estaba durmiendo plácidamente en una playa de Ítaca.

Poseidón castigó al barco que había ayudado a Ulises a volver a su casa, convirtiéndolo en piedra. Y allí sigue, a día de hoy, un estrecho barco de roca con remeros de piedra inclinados sobre unos remos pétreos. Las gaviotas se posan en él y se ponen a graznar.

Llegó el día en que Penélope debía elegir a un nuevo esposo entre los codiciosos príncipes. Se organizó un festín por todo lo alto. Pero la desdichada reina no probó un solo plato de los que le pusieron delante. «Ojalá hubiera venido Ulises», pensó.

Los pretendientes se pusieron las botas y bebieron hasta emborracharse.

Afuera, en el patio, había un perro. Era el viejo perro de caza de Ulises. No recibió más que puñetazos y puntapiés por parte de los príncipes. Estaba tan flaco que se le notaban los huesos, y se había quedado ciego. En ese momento, un vagabundo harapiento entró en el patio arrastrando los pies y se sentó. El perro levantó la cabeza y empezó a olisquear. Entonces se levantó y echó a correr, siguiendo el sonido de una voz que le resultaba familiar.

—Hola, viejo amigo. Te acuerdas de mí, ¿verdad?

El perro apoyó la cabeza sobre el regazo del vagabundo y, satisfecho al fin, murió con la cabeza metida entre sus cariñosas manos.

El vagabundo se dirigió al salón donde se estaba celebrando el banquete. Se acercó a los comensales uno por uno, rogando que le dieran algo de comer, que le ofrecieran un sorbo de vino.

—Soy un pobre y desdichado marinero, que ha naufragado en estas orillas. Dejen algo para mí.

Pero los pretendientes le echaron a patadas y empujones. Solo la reina Penélope se prestó a compartir la comida que había en su plato.

—Durante sus viajes, es posible que mi marido, Ulises, haya solicitado la ayuda de algún desconocido. Espero que encontrara al menos una persona de buen corazón que se apiadara de él.

—¿Ulises? —se burlaron los pretendientes—. ¡Ese está muerto y enterrado! ¡Elige! ¡Es hora de que elijas a uno de nosotros! —Mientras gritaban, se subieron a la mesa—. ¡Elige! ¡Elige! ¡Elige!

—Está bien —dijo Penélope, con calma y dignidad—. Competiréis por mi mano. Esta es la prueba que habréis de cumplir. Apoyad vuestras hachas sobre la mesa, boca abajo. ¿Veis que todas tienen una correa en la empuñadura? Pues bien, me casaré con el primer hombre capaz de disparar una flecha que atraviese todas esas correas... utilizando el arco del rey muerto.

Los pretendientes tiraron la comida fuera de la mesa. Sacaron el arco de caza de Ulises de la pared y trataron de ponerle la cuerda. Pero, por más que se esforzaron, no fueron capaces de doblar el arco.

—Permitidme —dijo el vagabundo, que lo dobló como si fuera una almohada y le puso la cuerda. Los pretendientes le mandaron a puntapiés hacia un rincón.

Después, probaron a lanzar una flecha a través de las correas de las hachas. Todos fallaron, maldijeron entre dientes y se pusieron a discutir. Las hachas se cayeron un centenar de veces.

Penélope se levantó para salir del salón.

—¿Puedo probar yo? —preguntó el vagabundo.

—Largo de aquí, criatura hedionda —dijo un príncipe—. ¡Esta competición es para ganar la mano de una reina!

—Permitid que lo intente —dijo Penélope—. Preferiría casarme con un vagabundo sin un céntimo en los bolsillos que con cualquiera de vosotros. —Y dicho esto, cerró la puerta tras de sí.

Pero en cuanto el vagabundo tuvo el arco en sus manos, no apuntó hacia las hachas. Se subió a la mesa de un salto y disparó una flecha tras otra..., directas a los corazones de los pretendientes.

—¡Escuchad esto y morid! —gritó—. ¡Ulises ha vuelto para limpiar este palacio de ratas y alimañas!

Penélope oyó los ecos de la disputa y pensó que los pretendientes se estaban peleando otra vez. Al cabo de un rato, todo quedó en silencio. Su hijo llegó corriendo hasta ella.

—¡Está fuera! ¡Los ha matado a todos, madre! ¡Ha vuelto a casa! ¡Después de tantos años, padre ha vuelto a casa!

Penélope bajó al salón. Allí estaba Ulises, despojado ya de su disfraz y con la cara lavada.

—Bienvenido, mi señor —dijo Penélope, con bastante frialdad—. Debéis de estar agotado. Haré que os preparen una cama.

Ulises se quedó abatido. ¿El amor de Penélope se habría consumido durante los veinte años que había estado ausente?

—Preferiría dormir en mi propia cama, mi señora —dijo con timidez.

—Está bien. Haré que la trasladen al dormitorio oriental.

Penélope detectó un brillo en los ojos de Ulises.

—¿Cómo pretendes trasladar nuestra cama, cuando está tallada a partir del mismísimo árbol que sostiene la habitación de este palacio?

Cuando Penélope oyó estas palabras, se lanzó en brazos de Ulises y le besó.

—Debía asegurarme de que eras tú. ¡Y solo tú podrías saber ese detalle sobre nuestra cama! —exclamó—. ¡Bienvenido a casa, Ulises!

LIBERTAD PARA PROMETEO

INCLUSO LOS DIOSES SE VUELVEN MÁS SABIOS A MEDIDA QUE SE HACEN mayores. El todopoderoso Zeus, el rey de los dioses, se asomó un día desde el monte Olimpo y vio que Prometeo seguía encadenado a una roca, condenado por toda la eternidad a ser torturado por unas águilas. A Zeus le entraron remordimientos, porque es inmoral que los fuertes abusen de los débiles.

Sintió compasión por Prometeo, porque es muy triste ver a un padre apartado de sus hijos, a un artista apartado de su obra.

Y también sintió admiración, no solo hacia Prometeo, por haber sido capaz de soportar el dolor, sino hacia los hombres y mujeres que Prometeo había creado a partir de agua y barro. Si no les hubiera entregado el fuego, no podría haber hogueras encendidas en un millar de altares repartidos por todo el mundo, proyectando su humo sagrado y aromático hacia el cielo.

Por mucho que fueran insolentes y poco agraciados, por mucho que se acatarrasen, enveje-cieran, robasen, discutieran, cometiesen errores y se murieran, había héroes y heroínas entre esos hombres y mujeres.

Así que Zeus rompió las cadenas de Prometeo con un relámpago, y envolvió a las águilas en unos torbellinos para ahuyentarlas y desperdigarlas por las cuatro esquinas de la tierra. Y Prometeo fue libre una vez más para defender a los hombrecillos que habitaban el mundo, a los que había creado a partir de agua y barro.